《 别 处 远 方 》

作 者 简 介

文 字 ｜ 巴 晓 光
913福建汽车音乐调频副总监
巴晓光没有改变自己，不过是在综艺欢笑之后，把电视看不到的另一个很文艺的自己装订成册，许是中文系的渊源成就了一脉文字的梦想。他说书香是心里最营养的地方。

插 画 ｜ 程 丽 雅
913福建汽车音乐调频副总监
微博名@liya的插画本子曾拥有听众无数的知名广播节目主持人。插画作品集结成册推出的手绘台历深获好评，擅长用简单的色彩和笔触摹出独特的内心世界。

影 像 ｜ 陈 敬 炜
微博名@咸鱼的行摄生活 福州本土知名博主。三十而立的80后，热爱福州这座古老而又年轻的城市，行走半个中国后蜗居于闽江畔。用行走用相机用微博去展现这个城市的呼吸，痴迷于福州传统小吃的整理发掘。

影 像 ｜ 池 志 海
福州老建筑百科网管理员、摄影师 手绘《仓山老洋房探寻之旅》和《漫走鼓岭》彩绘版地图。致力于福州老建筑的搜寻与传承。

海峡出版发行集团
海峡书局

图书在版编目（ＣＩＰ）数据

别处远方 ：福州·另一种城市旅行 ／ 巴晓光著. —
福州 ：海峡书局，2012.6
　ISBN 978-7-80691-771-8

　Ⅰ．①别… Ⅱ．①巴… Ⅲ．①散文集－中国－当代
Ⅳ．①I267

　中国版本图书馆CIP数据核字(2012)第133134号

责任编辑：李舒洁
设　　计：Ansely·贤

别处远方

福州·另一种城市旅行

著　　者：巴晓光
出版发行：海峡书局
地　　址：福州市东水路76号出版中心12层
网　　址：www.hcsy.net.cn
邮　　编：350001
印　　刷：福州凯达印务有限公司
开　　本：787×1092　　1/ 24
印　　张：9.25
字　　数：150千
版　　次：2012年6月第1版
印　　次：2012年6月第1次印刷
书　　号：ISBN 978-7-80691-771-8

定　　价：58.00元

风景不在别处

别处远方

身边即是远方

一本书的纪念

郭戴云

913福建汽车音乐调频 总监

不经意间,岁月的年轮转了8圈。913福建汽车音乐调频已从最初的喧闹与青涩悄悄沉淀成举手投足间的自信与优雅。

913福建汽车音乐调频在福州是另一种存在。有人说它是广播界的豆瓣,有人说它是洁身自好的文艺青年,但最动人的,是它一直深爱着福州,深爱着这座城。它一直用声音记录着这座城里那些被遗失的美好,而现在,这声音终于集结成册,用文字描摹出属于913的另一种城市旅行。

每天,我们都在城市中穿行,有多少人能如数家珍般地描绘出福州城内的每一条古街巷弄,又有多少人能停驻他们匆忙的脚步和这座城做一次心灵的碰触。这本书正是用行走的方式,牵你的手,带你追寻记忆里渐行渐远的原汁原味的福州城。

这本书既是913福建汽车音乐调频8周年的纪念图书,更是一份送给我们深爱的福州城的礼物。

有回忆,明天不一定更好,但没了回忆,我们就像是从来都没有活过。有多少遗忘,就有多少回忆。913一路为你倒带,寻找福州城的记忆。

用一本这样的书来纪念一个广播频率的8周年,是一件很有意义同时也很令人自豪的事情!

目 录
contents

杭里花
下埃的
上尘开出

这一本书，我想先从上下杭写起。

那一天，约了咸鱼和池志海，从三通桥走到龙岭顶，这最后的老福州，十五年后，我才初次拜访。

像尘埃里开出的花，它坚韧地存在着。

若你从未来过，你也就从不曾真正了解过福州城。

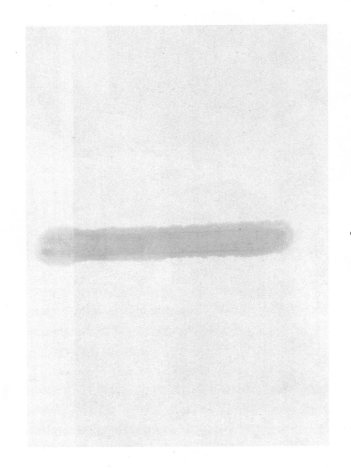

就是江水，那时江水的开阔是我们无法想象的。《三山志》载："有江广三里，扬澜浩渺，涉者病之。"后来，宋天圣至宣和年间，江水在大庙山南麓分别冲积出楞严洲和中洲两道沙痕，可供来往船只靠泊，装卸货物，成为天然码头。福州方言"痕""航"同音，那时涨潮时走上痕，为上航，退潮时走下痕，为下航，而"航""杭"又同音，亦可称"上杭"、"下杭"，如此称呼，不知是否出于北望杭州的繁华之意。

三通桥

　　后两道沙痕淤积成陆地，渐成水陆要道，商货往返，川流不息，双杭一带遂成街市，由此，上下杭开始了繁盛的传奇。从"龙船扒出后田口，船工运货上下杭"的初始到"圣君殿水两头涨，涌出黄金滚滚来"的极盛，数百年来，上下杭商家比肩，行栈林立，商帮会馆聚集，大商巨贾呼啸来去。一夕暴富的传奇和千金散尽的落寞在上下杭是最寻常的风景。这里被研究老福州的学者称为"福州传统商业博物馆"，我倒更愿意想它是一朵尘埃里开出的花，在最市井气的土里绽放出最耀目的光华。

　　繁华如美人，岁月流转，上下杭就那么落寞地老去了，甚而这个城市的许多人早已遗忘了它，如今的双杭已凋落成了"最后的老福州"。

　　拜访上下杭的那天清晨，连绵几天的雨居然歇了。我和池志海沿三通路到三通桥与咸鱼汇合，我惊讶地发现，原来这里就是中亭街的背后。装修房子的时候，我常来中亭美居买些物件，却从未动念向那些破败的小巷子里行一行，那里面藏着的就是素未谋面的上下杭啊。及至三通桥，我更愕然，每次停车都经过它的身边，我的目光却只约略地扫过它几眼。站在三通桥边，池志海说：有人在福州住了十几年，都没好好走过上下杭呢。我笑，这说的可不正是我吗。

　　三通桥非指桥通三方，而是意为三水桥下相通交汇之意，始建于清嘉庆十一年（1806年），石桥为大石砌成，拱形，两墩三孔，造型很古朴，样子沉稳结实。桥梁石板有"嘉庆丙寅年仲秋吉旦造"题刻。三通桥原本位于中亭街以西的小河上，自古，周围居民饮用水都靠桥下河水。双向来潮一向涌，潮涨时，郊边货船竞渡，从这水道入城，是繁忙的交通要道，桥上人影绰动，栏作椅来阶作床。网友三余斋主曾说：以前，桥头经常搭台讲福州评话，"桥头搭台讲书场，桥上听书人如山。说到刀光剑影时，唯有桥下水潺潺。"2000年，因拆迁，将三通桥迁移到此。现在，桥上几乎无人通行。

　　那天天气好，一位流浪汉将拾来的垃圾放在桥上晒，懒洋洋地在桥上的石阶坐着，于是，这座繁忙了几百年的古桥也在暖和的太阳下面慵懒起来。

　　三通桥畔一座宏大的建筑是陈文龙尚书庙。此庙始建于明代，是纪念抗元忠烈陈文龙的祠堂。陈文龙生于1232年，莆田人，与抗元英雄文天祥齐名，曾中状元，官至监察史，后任参知政事。1276年

陈文龙尚书庙

11月，元兵围攻兴化，陈文龙因寡不敌众被俘后绝食而死。后人敬仰陈文龙，明初在福州阳岐建第一座祀庙，出海商人渔民纷纷来此朝拜，且均说此神极灵，遂被追封为"水部尚书"，此后其庙宇统称为"尚书庙"。

此庙清道光年间和民国初年两次重修。现在的尚书庙是在距旧庙约200米处的三通桥北侧异地重建的。门额青石贴金，一方在上，直书"旨奉重修"，正门横额"敕封水部尚书"，左右小门额"覆仁"、"蹈义"。正殿进深6柱，面阔5间，垂莲、雀替，雕刻极为精美，正殿中祀陈文龙软身造像，戴冠、着袍，铁面长须。

正殿的横梁中间悬挂三方清代康熙、嘉庆、道光皇帝题赐的额匾，依序为"朝宗利济"、"效顺报功"和"海澨昭灵"。此外，尚有十方名宦的题匾，十分贵重。中有林则徐手书楹联："节镇守乡邦，纵景炎残局难支，一代忠贞垂史传；英灵昭海澨，与信国隆名并峙，十洲清晏仗神庥。"尚书庙门对三通桥，颇合古载"玉带环腰尚书庙"之意趣，门前大埕立陈文龙戎装站像，他仅存的墨书手迹写在庙左民居的灰墙上，十分醒目。

过去，福州民谚"穷人除夕躲债，在尚书庙看戏"，那神人共处的平和气已经没有了，我们遂向前行，进三通桥下巷。

一入巷，旁边就是一处神龛，明黄色的神幔，案头积着的香灰，老福州的市井气扑面而来。巷子渐深，两边柴埕厝的走马楼上晒着衣物床单，木头棚屋经岁月风霜，褪了颜色，吃力地歪在路边。过了中兴巷，一转，眼前豁然开朗，现出一片平地，又看得见星安河了，石栏板，护着窄小的河道婉转远去，沿河古榕葱茏，掩掩映映，四月烟雨轻拢，这一转折的景象竟让我有点痴了。

然后我就看见了张真君祖殿，还有河对岸的长寿堂。

站在张真君祖殿面前，朱红的一座大庙，大门上直书"旨奉祀典"，下横书"张真君祖殿"贴金匾额。虽然漆有些新，但重重飞檐翘脚，斗拱重梁，气魄仍然动人。张真君，永泰嵩口镇月洲村人，唐末天祐年间生于农家，传其体魄健伟，长于武功，急公好义，五代时，王审知开疆治闽伊始，瘴气

张真君祖殿

疫疬流行，从"闾山大法院"祖师许旌扬数传弟子学法数载，归而造福桑梓，悬壶济世，为民除害，点石化猪、坑伏五鬼、坐化升天后民遂敬其为张真君，建堂以祀。

八百多年前，南宋绍兴年间，星安河畔建下了这座张真君祖殿。

星安河，涨潮时吸纳三通河与三捷河双向的水，从前每逢初一、十五，两潮汇集在张真君祖殿前，如两军交锋一样，激宕往来，互不相让，正是所谓"圣君殿水两头涨"的奇观，古人以水喻财，这水涨奇观更是吉兆，再加上道教中，张真君司职雷部，掌管天气，商户出行必来求天气晴好，归来则做戏酬神，日久，明清时的商贾便奉张真君作了"商神"。而有了神灵护佑的上下杭果也"涌出黄金滚滚来"，留下无数传奇般的发家神话。

外面阳光很好，进殿，光线遽暗，顿生肃穆之感。正殿很高很大，有很重的香灰气，"敬神如神在"的立牌让人不敢高声，抬头，藻井繁复，好像是八卦，中间却嵌着两枚灯泡。殿里有几位老人据桌轻声聊着什么，我绕过，后堂狭窄的过道里摆着一座"闾山大法院"

的神龛，龛壁旁的小门走进去是陈太后的"临水宫"，供奉着陈靖姑及三十六婆奶。当年，上下杭一带的妇女凡生育，必来此求临水娘娘赐福，甚而商人们的妻子后已移居国外，也要留下姓名地址给双杭的老人代为求愿。

永德会馆

隔星安河，真君殿对面就是长寿堂，沿河铺开好大一片房舍，远远地，看见供着一溜神仙，颜色绚烂，煞是好看，因念着回程取车又要经过这里，就先别过，继续向前了。

过了明黄色大葫芦状的金银库，我们走上了星安桥巷。路左一座无名小桥，桥对岸的工厂式建筑后面飞出一片层层叠叠的檐角，那就是永德会馆了。

民国时，双杭一带会馆云集，大都在上杭路和下杭路，我们慢慢行到那里，而这里的永德会馆便是永春和德化两县在榕商帮集资所建的，始建于清雍正年间，光绪间重修。永德会馆所在的这个地方叫碳埕里，"碳"是福州方言"瓷"，"碳埕"即卖瓷器的市场，德化瓷闻名天下，这里大抵因此而得名吧。

如今立在我眼前的永德会馆是民国二十年重建的中西合璧式建筑，站在桥边看过去，只能约略瞧见第三层歇山顶，重檐叠角还是旧时的样子，这是民国重建时将原本清代会馆的厅堂依原样搬建在顶层，与下两层的仿西洋建筑叠加，十分特别。永德会馆内还有戏台，旧时每逢神诞或年节，都会演闽剧，或高甲戏，或提线木偶戏。那时的热闹繁华已经被锁在门后了，现今只剩大门门额上的榜书"永德会馆"四个字倒看得还很清楚。

不远，巷子左折，折角处一所大屋，虽旧了，架子却透着大户人家的沉稳，这是丁玉池的旧宅。大门敞着，我们摸进去，过一重门房，进了院落，大宅子的气度立时逼近眼前。偌大的天井里有花有竹、有藤有蔓，三面围起的高楼一砖一石、一屏一扇都十分精致，有繁复的雕花，瓦也攒出花团锦簇的图案，这宅子分右、左前、左后三部分，格局紧凑，据说宅子主人丁玉池当年专为仓山的洋人设计建造房屋，难怪自家的宅子也如此气度。

丁玉池宅

星安桥巷

沿星安桥巷前行，咸鱼顽皮地冲下伸延到河里的石阶，探出大半个身子，要拍远处星安桥的影子。我也下到底，探身去看，河岸两边伸出的榕树交错掩映，远处，星安桥的拱形影影绰绰的，水波里的倒影有婆娑的样子。咸鱼还在找角度，岸上池志海冷冷地说，我上次来拍，坐了条船从桥下面过呢。我俩顿感赧然，正没趣间，咸鱼忽然指了指河边泊着的一条垃圾船，我们相

小巷街景

视，不禁吃吃地笑起来，爬上石阶，丢下不知所以的池志海大步向前去了！

沿星安桥巷往前，一排柴埕厝也随河蜿蜒。暗红色的鲎蟹板木屋，前倾后斜地不知站了多久的岁月，透过六离门，看得见屋里供奉的先人牌位和案上的时果鲜花，那种沁在骨子里中国式的遗存在城里少了，在星安桥巷，却平常得紧。天气好的时候，你要慢慢走，甚或偶尔坐在路边发会儿呆，好像自己就是这里的老住户，看对面的老人正炒着几个小菜，在路边支起小桌，等着他们招呼你吃个晚饭，喝两盅青红。

前行，路左看见星河巷的牌子，转进去，就看见星安桥了。

有人说，星安桥巷里最美的就是这座建于乾隆五十一年（1786年）的石拱桥。桥头，暖风穿桥打在脸上，看过去，桥上的青石板被几百年岁月的足迹打磨得光润照人。上了桥，回望来路，灰瓦红墙绵延地簇拥在水边，真切的是水乡的样子。桥两侧的石板上有"乾

星安桥

隆丙午新建"、"嘉庆乙丑年重修"等题刻，自清以下，星安桥可就是从仓前山渡江后入城走陆路的唯一通道呢。

星安河

　　咸鱼拿起相机拍着，一位老人家走过来，"依弟，我告诉你怎么拍，要这样拍过去呀！"老人家认真地指挥着，我和池志海在旁边笑，咸鱼不理睬我们，用福州话和老人聊得极热闹。

　　老人家在这里住了几十年，小时候可以从星安桥下河一路游到大桥头。"那时候水很清啊，吃水

老巷人生

都到河里边取，现在不行了。"老人指着桥边的星安河巷，"这里七十年了，都没变过，就是这个样子，那边不行了，都拆掉了。"老人指着桥那头，眼神好像穿透了岁月，看见时间的那一头。

这里很多老人，街坊邻里老伙伴们的子女大多在外打拼，长天白日的都是孤寂，他们便聚在星安桥巷30号的小茶馆里，歪在竹躺椅上，喝最便宜的茉莉花茶，讲讲先人在江边做工的苦处，或是某年间河里发大水的古事。聊着天听着伬唱，太阳慢慢从街头走到街尾，一条老巷弄就这么悠悠地过了百年。

时光若能倒回，
那时每天晚上，
宅子的大堂里都会灯火通明，
乐师抚琴，
姑娘唱曲，
中平路到里安河一带，
就是福州的十里洋场。

闽山大法院 —— 牛弓街 —— 西宴台 —— 杏花天 —— 浣花庄 —— 中平旅社

—— 新紫銮 —— 中平元宵店

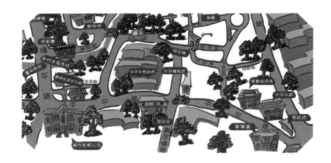

下星安桥，几步路，就看见了闾山大法院的道场。闾山派形成在唐宋时期，法师比茅山派有更为强横的符咒法术。传说龙潭角水下就是闾山大法院，修行高深者才可得见真颜，临水陈靖姑和张真君都是其弟子。在福州的天后宫、真君庙、临水宫等等地方，经常可以看见闾山大法院的砖雕壁画。

和这么森严的描述不同，道场的院子里都是闲坐的老人，时间在这里似乎走得都有些慢了。

再向前，右转进牛弓街。旧时，福州都是手工弹棉，这一带开了许多专做弹弓的店铺，因弹弓是取牛脚筋制作，坊间称之为"牛弓"，牛弓街

闾山大法院

因而得名。名为街实则不宽，很安静。走了几步，就见一处白漆粉刷的大屋屹立眼前，如此小的巷弄中突然有这样大的一所房子，我们的确有点错愕。

正没来由处，咸鱼向旁边奔去，眼光随着他，看见一位七八十岁的老人站在街角处，小辈们正在给他掸身上的灰，老人闭目仰头，很威严的样子。咸鱼脸上笑开了花似的操着福州话和老人搭上腔，我们远远望着，几句话毕，老人家龙行虎步地奔我们而来，像极了说书先生登场时的霸气。

西宴台

"这里最早就是当年的西宴台啊！"老人声如洪钟，蓦地震醒了我们。原来这里就是上下杭当年红极一时的酒楼兼书寓西宴台啊！

郁达夫先生的文章《饮食男女在福州》里写到："城外在南台的西菜馆，有嘉宾、西宴台、法大、西来，以及前临闽江，内设戏台的广聚楼等。"里面提及的西宴台原来即是这里。旧时，上下杭的繁盛催生了这里的花街酒巷，从星安河至中平路一带，遍布酒楼歌榭。闻名者有鸿禧堂、新紫銮、乐群芳、新玉记、桂英堂、贵宝堂、丽红堂、赛月堂、花亭后、杏花天等，而其中更以嘉宾、西宴台、浣花庄、广裕楼最为知名。

"晚上就热闹了，里面有弹琴的，还有姑娘唱曲。"老人接着说，神情恍惚了

杏花天

一下。"后来，做万金油的胡文虎买了这里，出《星闽日报》。"老人指着紧闭的大门，"楼都没变过，我搬过来就是这样子。前两年，他女儿胡仙回来刷过了。"查了史料，民国三十六年7月1日，爱国侨领胡文虎创办《星闽日报》，社址就设在牛弓街19号。

老人家又领我们转了个弯，便是状元弄，与西宴台接连的一栋大屋闪现眼前，状元弄15号。"这里就是原来的杏花天。"老人的话又让我们呆住了。十几级破败的石阶伸向房子的大门，门头不

大，样子也不花俏，门楣上的额匾涂了白灰漆又脱落了。上阶，门里极暗，一位老人家背对着我们在压面条，也不转身。右转，就进了内堂，我们三个都禁不住轻呼了一声。

一座像老洋画里酒楼摸样的大堂晃入眼帘。顶极高，两排二层木楼相对着，中间隔出了个大堂，远远地

能看到下一进的券门和后面更深的院落。我们站的入口处，左右对称有两架大楼梯盘旋通往二楼，木楼的二层有栏杆和能推出的窗，隐隐地，后面像是一个个隔间。底层已经是大杂院似的，各间住着不同的人家，门外放着炉灶和装碗碟的橱子，排列到底，倒像是个夜市的模样。

我凝神看着，恍惚间，那些破烂的物什一件件隐去了，大堂里亮起来，添了铺着锦缎的八仙桌，朱红的漆沿着楼梯漫上去，二楼栏杆上胡乱盖的小棚屋不见了，很宽敞的走廊，顶上挂着特意在南后街定的琉璃灯，灯光映着凭栏的几位姑娘，肤色如玉，拿湘妃扇掩着口，指着楼下，笑作一团，一探身，下面可不已经坐满了，商号里的人边劝酒边谈生意，不时转头瞥一眼后头小台上唱曲的姑娘，吩咐小厮多加两块钱，点个时新的曲子。

"你发什么楞呢，快来。"一刹那，一切又都消失了，咸鱼站在二进的门前，阳光恰打在他身上，有些刺眼看不清。我缓过了神，眼前又是大杂院了，躺椅上养神的老人张眼打量了我，又合上了。我悄悄从他身边飘过，偷看了几眼两边挂着门帘的住家。到了二进，咸鱼正对着地板狂拍，

"过来帮我一把。"咸鱼吩咐着让我掀开一块木板，"这是个地道的入口。"他没抬头，找着角度，"刚刚那位依姆说的，以前底下关过犯人。别问我为什么关，我也不知道。"咸鱼露出白牙，笑得很开心。

出门的时候，门口的老人家依旧在压面条，小心翼翼的，仿佛这件事已做了上百年，没什么能分他的心。

从黯淡的光线里回到阳光下，指路的老人依旧站在门口，突然觉得他有点莫测高深的神气，这房子里的秘密一定藏在他心里吧，我这样猜。老人家指着状元弄的出口，说前面就是中平路，浣花庄就在不远处。我们急急地拐出去，中平路上，羊蹄甲开得正盛，武状元黄培松的两处宅子被我们甩在身后，就这么来到了浣花庄的门口。

浣花庄

　　隔着四五步的距离，浣花庄是一副西式洋楼的外观，外墙立面却是青砖红砖并用的装饰，十分特别。池志海跑在最前面，跟着他进了门，却发现里面是中式二进合院的设计。粗粗一看，格局和杏花天极为相像，却保存得更完好。厅堂很宽很高，摆得下很多桌的样子，想象得出当年它鼎盛时食客云集的派头。

　　墙上还留着很多处毛主席语录和文革时的标语，红漆犹在，有种奇异

的时空交错的感觉。二楼栏杆和檐角的雕花比杏花天精致许多，但也极旧了。我坐在天井下的长条凳上，对面两位有七十岁上下的老姐妹正在话着家常，声音很轻，有时停顿许久也没人出声。是啊，时光这么长，有什么一定要急着说呢。池志海拍完照也在我身边坐下，两个年轻人和两位老人隔着一座厅堂，静静对望着，短短几步的距离隔着几十载的似水流年。

正当我们以为咸鱼穿越了的时候，他下楼来了，"楼上住四户，楼下住四户，后边是70年代加盖的，原本应该有个戏台。"我们循着他的声音望过去，后一进的天井里，阳光正好，空气中飘来不知谁家炒空心菜的味道。我们起身作别，对面的老姐妹还在耳语着，声音还是很轻，那神情仿佛刚刚并不曾有人来过。

出门右转，沿着中平路，我们走到了中平旅社。这座三层砖木结构西洋楼的前身就是1914年创办的和西宴台、浣花庄齐名的嘉宾洋菜馆。这是福州第一家西洋菜馆，那时，各国领事、洋行职员、新派学生到这个洋派的地方来吃饭，是极时髦的事情。我很喜欢读陈存仁先生的《银元时代生活史》，书里第一次去番菜馆吃饭的描写，想必就和近百年前这里的情形很相像吧，福州城最新潮的人在这里

中平旅社

第一次吃到了牛角面包和炸猪排，一定是件很值得夸耀的事情。如今中平旅社几近废弃，我们探头进门，里面暗得什么都看不清，一只拴着的狗狂吠起来，楼梯后伸出一张脸，不耐烦地喊：不要看啊！快走！会咬啊！

　　中平旅社旁边的三层旧洋楼就是当年的新紫銮，一处高级妓馆，颇为闻名。彼时，晚上的新紫銮十分热闹，坐在黄包车上来的人，不是公子哥就是做大生意的，戴着高帽，衬衫雪白的袖子翻出来，装扮得都十分体面。各路时鲜蔬果、瓜子蜜饯流水般摆上来，客人点歌唱曲，尽兴总要到深夜十一二点。这里的姑娘外面叫"白脸哥"，都有婢女侍候，出门也要跟

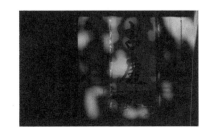

着。新紫銮和浣花庄旧时都是商人杨合春的产业，这一片巷弄里，还有以他命名的合春弄、合春埕，皆因他在此产业之多，几乎占了半条街的繁华之故。

一路寻找上下杭过往的花街酒巷，我们都有些乏了，咸鱼便带我们去中平元宵店吃他推崇的福州古早味正宗元宵。店就在中平旅社对街，也是个好几进的旧宅子，现在拿门房做店面卖元

宵。咸鱼熟门熟路，和老板娘热络地打着招呼，我点了八宝馅儿的甜元宵，就在桌旁坐下。

隔着有矮矮木栅栏的窗，外面刚巧看得见对街那一排老宅子，时光若能倒回，那时每天晚上，宅子的大堂里都会灯火通明，乐师抚琴，姑娘唱曲，中平路到星安河一带，就是福州的十里洋场。姑娘们的身影隐在各处宅院的香闺里，没有熟人引荐，姑娘们是不能随便接待客人或出门应酬的。她们还需到当时的花捐局打票，若要以书寓为名，姑娘又要通书画，擅琴棋，还需考试。即便后来规矩没那么严苛了，但通文墨，会唱几出折子戏还是必须的，也称清唱堂，这才配得起高级书寓的名份。

发了好大一会儿呆，元宵还没煮好，正诧异间，咸鱼开口了，这家店的元宵好，除了是每天早上在石杵里手工打制元宵皮外，煮时小锅冷水放元宵，皮和馅儿慢慢煮熟，才不会太黏或有裂纹，这也是店里一直坚守的老规矩，别家店没这个水磨工夫，自然味道会差些。正说着，元宵出锅，尝一口，果然又糯又香。

边吃边翻看池志海和咸鱼的照片，老板娘也凑过来，以为拍了什么新奇玩意，及至看到是这边的老房子，立时没了兴致，摇头走开，嘴里说道："老房子有什么好拍，住了一辈子，讨厌都讨厌死了！"

窗外，好像有朵云遮了日头，整条街的老洋楼瞬忽间变得愈加黯淡起来。

每一条延展的巷弄走进去，

时光都会静静倒回，

倒回去那些流年里暗香浮动的

清晨或黄昏。

中平理发店 —— 黄培松武状元府 —— 福建省轮船总公司 —— 隆平路

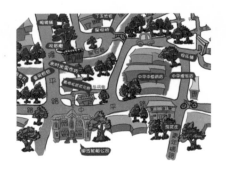

中平理发店

回味着甜香，走出了中平元宵店，路过当年名头极响，日营业额甚至突破万元的老都会卤味店，然后，我们到了中平理发店的门口。

老式理发店总能那么轻易地牵出你的回忆。带转盘的硬皮躺椅，电推刀，海绵刷子，裂了缝的大镜子，像老电影的胶片，一格一格，拖着你往身后被遗忘的时光里沉陷。

民国时期，卢天铨和林敬溪等三位理发师傅在这儿开了店，手艺好，自然生意兴隆。林敬溪理男发是一绝，好莱坞电

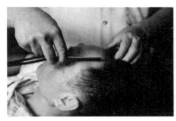

影里的飞机头都做得有模有样，再加上刮脸修容刀法细腻，连国民党海军司令陈绍宽都专程登门，生意好到大清早门口都排满人等候，真是金字招牌。现今，来这儿的只是些几十年的老主顾了，轻车熟路往躺椅上一坐，一个眼神，一句"老三样！"停滞的时光就又缓缓地向前走了。

　　往刚刚出来的状元弄走回去，右手边是一排热闹景象。各种店铺错杂，咸鱼说，这里藏着很多美味的小吃店，中午来这里逛一圈，每家尝一点就饱了。很奇怪，同样一段街市，每个人感官的定格都不一样，咸鱼眼睛的优先选择是吃的，并义无反顾地扑上去；池志海永远盯着每一栋老宅子的墙基或梁角，研究是旧的还是

中平路街景

翻修的；于我，眼里只有一片落叶，一块斑驳的墙皮或是一位老人在巷子里逆光的背影。我还对气味有特别的敏感，常常因某些味道而记起湮灭了许多年的往事：烧稻草的烟火气想起13岁那年探望我那得肾炎的女同桌的黄昏；铁锈气想起从湖北搬回黑龙江之前最后那个夜晚钉木箱的敲击声，凡此种

种。有人说，嗅觉的记忆深度超过眼睛，我深信着，很多年以后，我想起的黄培松武状元府，一定是鱼腥气的。

黄培松武状元府在中平路172号，旁边的小巷叫状元弄，便因此处有武状元府而得名。黄培松，南安人，清代武状元。少时习文，应泉州府试，屡试不中。后弃文习武，拜晋江罗溪武举人黄纪堂为师。光绪六年（1880年）庚辰科武科会试第一名，殿试一甲一名钦点状元及第。官至广东琼州镇总兵提督。民国初任福建护军使、参军，授"培威将军"。1925年病卒于福州。

武状元府

大名鼎鼎的武状元府我却看了许久都没发现，一连排的破旧老屋是这一带的寻常景象，哪一处院门是状元府，有些迟疑。老宅院墙外都加盖了各式小店面，我过去细寻，一处门口，院门颓败，却依稀有繁华过的痕迹，门前左右有卖干货的、卖花蛤的、卖牡蛎的、卖鸽子的，还有好大一个档口是卖鱼的，空气中弥漫着浓烈的鱼腥气，我歪过头向门里张望，木制大插屏上挂着个小小的牌子，上面有"黄培松故居"五个字。

绕过插屏，是一进天井，天井两旁建了披榭，环周有走廊。一进穿斗式木结构，面阔五间，中间大厅，两侧各两间厢房。大厅进深7柱，分前厅、后厅。房屋墙壁门窗及梁柱雀替都雕着图案，虽然油漆斑剥，但看得出当年的精细手工。绕到二进，进与进间的天井中间通道上架了廊屋，瓦顶上生了草，很古朴的样子，十分好看，原来叫做覆龟亭，方便走动，又免日晒雨淋。

正如覆龟亭上的荒草只能随风的方向舞动，武状元黄培松的一生也在那段动荡的历史中摇摆。因多次率兵镇压同盟会，又在广州起义后以协督之职审判被俘革命党人并任监斩官，引起泉州革命党人

的愤慨，他们将泉州开元寺前为黄培松中状元树立的状元牌坊拆毁。其后又附逆袁世凯，及至晚年才认清时局退隐乡里。黄培松的孙子黄和枚很为祖父抱不平，提及一位在1911年广州起义中被捕后从狱中逃脱的台湾革命党人的回忆文章，这位革命党人说，他能逃出并存活，正是黄培松想尽各种办法把他从牢中偷放出来的，而关于以朝廷武官身份受命监斩被捕革命党人，黄和枚说其实祖父是被逼的。历史如迷，谁又是董孤之笔。

福建省轮船总公司

　　武状元府的对面是福建省轮船总公司，一幢高大的欧式建筑，青砖墙面、尖顶拱窗，十分气派。老福州大抵都知道这座地标性的洋房，却不是人人都说得出这也是黄培松的家业。据说，晚年时，有朋友凭其威望请黄培松去厦门调停一件房产纠纷，黄培松于此行看中厦门的一座洋房，回来便叫人依样建了一座，黄家后人也都一直称其为"洋楼"。网友有文章回忆自己的外婆曾在楼中做了几年丫鬟，"小时候进去参观过，入眼所见的雕花石刻，精致得让人惊叹。"

过十字路口，右转进隆平路。若上杭路和下杭路是"工"字形的上下两横，隆平路就是中间的一竖，至龙岭顶，串起了上下杭。隆平路古称油巷下。传说古时有一官名许悠，极贪，在金斗山挖古墓，见祭台上有"许悠许悠，挖我坟墓，罚你添油"的字条，大骇，命差役往油灯添油。谁知添了几百斤还添不满，后发现油从金斗山一直流到龙岭脚下的一条小巷阴沟里。当地居民纷纷用瓢舀油，风传一时。这条小巷称"油巷"，因在龙岭脚下，遂被称为"油巷下"。它是旧时双杭地区金银和外币黑市交易最热闹的一条街，后取"万隆弄"的"隆"和"中平路"的"平"字，合称隆平路。拐进隆平路，景致已经很像寻常的城市街道了。左手边是上下杭被拆的一角，新式楼房延展到白马南路，右手边则是保留着的老滋味的旧坊巷。

咸鱼突然活跃起来，指指点点街两边的各色小吃店，难掩得色。"这里比城里的正宗太多！"炸蛎饼的摊子，老板坐在大油锅后的板凳上，打太极似的，动作行云流水，对着咸鱼的相机，眼皮都没抬，一派

宗师风范；往前，一位阿姨坐在大铁盆前，用剪刀剪着满满一盆鱼唇，麻利得像是小李飞刀的传人；街对面的壹号煎包每天都排着长队，做生煎的大哥像极了大学食堂的打菜师傅，"都别挤，排队候着！"还有桥头糊粿铺，墙上写着"糊粿、

平安糯，需要者请预先订购！"咸鱼转头对我们说："朋友办婚宴，托我定了200个！"

从隆平路向下杭路行走，要走在马路的左手边，因为这样才能看见另一侧的老房子。隆平路上多的是民国初期建的商行，青砖，西式，底层沿街开店，楼上可以住人。一长排的三层建筑占满了半条街，望过去，还有精巧的小阳台探出楼面，仿佛伸手就够得着香樟树上的叶子。但瞧上去总归旧了，又没人搭理的样子，灰扑扑的，也没个传奇的故事撑着，在路上行走，没特别留意，你就轻易和它错过了。

看到一树开得极绚烂的白色羊蹄甲，我们终于走到下杭路了。

下杭路鼎盛时，有钱庄、银行、商行、货栈一百三十余家，汇聚金融、茶叶、纸张、食糖、南北货、果桔等行业，被誉为"福州商都""金融总汇"。站在下杭路的街口望进去，平静的下午，这条街并没什么特别，不太吵，有些乱。可就是这条街，每一条延展的巷弄走进去，时光都会静静倒回，倒回去那些流年里暗香浮动的清晨或黄昏。许是知道寻找历史的人来了，天竟渐渐暗下来，像是电影开场前灯光渐渐暗场，隐隐地，雨，要来了。

下杭路口 羊蹄甲

巷子竟像长得没有尽头，
头上一线灰色的天，
越向深处越暗，
氤氲着水汽，
迷迷濛濛的，
看不清那一头的出口。

咸康参号 ──── 总管巷 ──── 德发京果行 ──── 美且有 ──── 柯伯藤艺店

──── 福州拌面店 ──── 南郡会馆 ──── 汤房巷 ──── 邓炎辉宅

右转进下杭路，第一栋大屋就是咸康参号。无论从哪个方向，你都无法错过它，高大结实的外立面保存十分完整，可称是上下杭最具西洋味道的大宅。行到它面前的那天下午，天渐渐阴得厉害，云堆上来了，罅隙间投下的发白的光正打在"咸康参號"四个大字上。

民国时，上下杭云集近40家中药房，商家对店铺的招牌都十分用心，老字号的招牌更是珍重愈生命。隆平路的广芝林请了林之夏写招牌，咸康的老板张桂荣则更胜一筹，请了郑孝胥动笔。咸康的招牌用花岗石打造，与墙面连为一体，取都取不掉，"文革"时，不像其他商行招牌都被敲毁，而只是用水泥封住，现在，我们依然能得窥全貌。

咸康参号

走进咸康，十分高敞，天井式的中堂有三层楼高，墙壁四面和屋顶都装着大玻璃窗，采光极好，屋顶的玻璃窗年纪久了，有黑色的洗不掉的污渍，现着人工描绘不来的花纹，竟隐隐有教堂般的肃穆感。地板上，是当年铺设的精

美的地砖，泥渍也掩不住美丽。

　　出身于闽侯县上街峃浦乡的咸康参号老板张桂荣当年将生意做得极大，不仅名震福州，还在上海设立分行，将福建土特产茶、菇、桂圆干、笋干、李干等运往上海，以货易货，贩回参、茸、羚羊犀牛角、麝香、燕窝、珍珠等高档药材，并在香港设立分行经营进出口业务。那时，咸康参号内设着楠木桌椅，门上贴着九赤金箔的对联，橱窗里陈列着秘制的周公百岁酒、虎骨木瓜酒，兴盛得轰轰烈烈。

　　看过张家后人张庆猷先生的回忆，很想上楼去他幼时和表兄们学骑自行车的晒药的天台去看看，可惜路已堵死，只得悻悻地离开了。

　　咸康旁就是总管巷，石板路很齐整，高墙挤着一道天空，狭长且幽深，通到底就是我们曾走过的星河巷。巷子口有一座龛，像是打开的两扇朱红色的窗格，窄窄的台案上，瓶子里插着白菊，供的不知是什么仙佛，画在墙上，

总管巷

写着"有求必应"四个字。穿行在上下杭，总能邂逅一座座这样的神龛，这一带的人家，无论厝大厝小，大抵总有个角落供着某位神明。与老人攀谈相询，他们大都也不知所以，只笑说早年间就这么一直供着了。

旧时上下杭多是商人，四方汇集，除了人人信奉妈祖外，也会带来自己家乡的神明。闽南人多信青山王、郭圣王、保生大帝，闽西闽北信奉仰拿公，兴化帮尊崇陈尚书。离家时，在家乡的神庙里请一捧香灰，到上下杭再供起来，不是每个人都有财力在日后为家乡的神明修一座庙，有些就一直是街边巷尾那一方小小的佛龛了。

雨快要来了，望着总管巷的尽头，那里是上下杭唯一的观音庵，上百年前那些走水路跑码头的日子里，这样的天气，又会有多少妇人跪在各

路神佛面前，用焦灼的双眼求着在外亲人的平安啊。

再向前，对面就是德发京果行，另一段上下杭的传奇。

何为京果，清朝时，呈贡给皇室的地方果品在当地即被称为京果，而后，京果泛指各类食品、点心、干货，京果行即类似于今天的食品店。

德发京果行

莆田黄石镇徐姓1900年创办的德发京果行正是当时声名最著的京果行，极盛时有三家分店，合称"四德"。闽侯人方姓当年也对阵开出"恒"字打头的五家店面，号称"五恒"，却不及"四德"，最终惨淡收场。

德发京果行在下杭路上十分显眼，正中三层，右左两层，六扇五间，中西合璧。虽然房子颓败得非常厉害，那些优美的弧线与造型依然让它极为出众，遥想得出当年它骄傲的美丽，甚至让我一度忆起圆明园遗址上西洋式的残垣断壁，人们总爱在残破之后寻找逝去的美好。"为什么卖食品杂货的房子修得这样美？"我问池志海，生性谨慎的他没有回答。我私心里想，确也没什么特别的理由吧！只是那时莆田仙游一带在这里经商的"兴化帮"生意都做得极大，再加上"德发"货又是坊间彰显身份的名牌货，要在下杭路十二家京果行里坐稳老大的位置，房子不修得这样壮丽恐也是不行的。

美且有

　　再向前，街左是老福州都知晓的美且有，清咸丰年间在双门前也即今之东街口开了第一家店，创制的雪片糕、礼饼、猪油炒米以及各色月饼、灶糖灶饼都曾是老福州回忆里绕不开的名字。

　　雨终于落下来了，我们躲在一个老宅的门檐下避雨，咸鱼的电话响了，是新浪的段妮娜要来上下杭吃点心，咸鱼冒了雨去接她，我和池志海继续等。志海大多时候是个闷葫芦，好在上下杭最适合做的事就是发呆，我们就这样盯着雨，没什么话，却也没什么心事好想。

雨中的下杭路

　　然后，远远地看见段妮娜撑着伞过来了。她的脸上永远有一副心不在焉的神气，仔细看，又像是藏着许多心事。雨在她身前落了水幕，她长裤外穿了件改良过的旧式短旗袍，胸前别了朵颜色黯淡的小花，一刹那，我以为她是穿越来的，就从刚刚路过的咸康国药行里，买了二两上好的燕窝静静地走回上杭路高门深掩的家。

柯伯藤艺店

我们一起躲雨，街对面看得见柯伯藤艺店，落雨没有客人，店主柯法金躺在自己编的藤椅上看着外面发呆。这是柯法金的父亲柯孔德开起的老店，柯孔德做了一辈子藤椅，街坊都喊他柯藤伯，这个字号就一直用下来。店面不大，堆满了藤椅、藤床、小藤车，隔着雨，依稀能看见店里的墙上贴着放得很大的介绍这家店的报纸，柯伯藤艺店也俨然成了到上下杭拍照的文艺青年不能错过的老手艺作坊。

雨一直不停，段妮娜嚷着要吃点心，咸鱼想了一下说，就去前面的福州拌面店吧，绝对正宗！我看了一眼段妮娜，叹了口气，心里想，穿成这样不是该吃一盅雪梨炖官燕吗？

福州拌面店

下杭路141号，小小一间门面，进去加上避雨走不了的一桌，就立时显得局促了。咸鱼熟门熟路地点了一桌，拌面是猪油和花生酱混搭，扁肉不加地瓜粉，夹骨肉味道很美，只是我略觉得咸了一点。咸鱼又拉我去看老板娘包扁肉，皮上裹馅儿，用筷子点了两下再一捏，竟是个元宝形，手势也那样地灵活，真真和城里不一样。段妮娜吃得极慢，池志海又在发呆，雨竟渐渐小了。

我们出门，南郡会馆就在对面，是清末由厦漳泉一带的闽南商帮集资所造。雨中看过去，用很厚重的石头造的，居中是青石门框，横匾刻"南郡会馆"四个大字。两边是拱形的仪门，额刻"河清"、"海晏"。看起来极像往闽南路上所见的石头大屋，但更雄伟沉稳。池志海说，后面的大殿祀

天后妈祖，又有戏台天井、厢房鱼池，雕木贴金。惠安最擅石雕，因此里面的廊柱和柱础雕工都十分精美。可惜现在南郡会馆做了幼儿园，我们既不是学生家长，自然也就进不去了。

南郡会馆

汤房巷

　　雨渐渐寥落，我们过街，站在南郡会馆旁汤房巷的巷口。地上积了水，天还是阴的，我们没有说话，只看着巷子里地面和墙面反射的有些幽蓝的光，我不禁叹了一口气，喃喃地自语着，真美啊！

汤房巷窄得只能一人穿行，因为窄，显得两边的墙那样的高，高得需仰望，有人说这或许是福州城墙最高的小巷。也因为窄，巷子竟像长得没有尽头，头上一线灰色的天，越向深处越暗，氤氲着水汽，迷迷濛濛的，看不清那一头的出口。我们相跟着进了巷，左边红砖清水墙被雨水洗的很干净，右手边是灰砖墙，一红一灰，绵延向前，渐渐地，都换做了灰墙，年岁久了，生了苔藓，整面墙竟又变成了绿色，墙缝里间或生出几蓬野草，几株小小的树，自顾自寂寞地抽枝长叶。然后又一段红墙，接一段灰墙，一片苔绿，错落间杂，整条巷子竟有些斑斓的味道了。

汤房巷连通下杭路和上杭路，虽窄，却也重要。据传清代这里因地下有温泉所以建有汤房，也就是澡堂，后因双杭颜料工人与油漆工人同浴互嫌成口角，几近闹出人命，关了汤房而地名留存，或许没了汤房才成就了这里的幽静吧。

我听着自己踩水的脚步声，不觉就落后了，再一抬头，看见段妮娜在前面不远处对着一堵墙发呆，咸鱼和池志海不停地按着快门，我好奇地走过去，高墙间凹进了一块，他们对着的不是墙，竟是一座宅子的大门，我就这样不经意地第一次撞见了汤房巷4号。

　　每个第一次见到汤房巷4号的人都会惊叹宅门门头的美丽，半弧形拱券上的欧式雕花，繁复华丽，让人不禁想推门，看看里面又是怎样的庭园。

这一栋屋是民国怡大商行老板邓炎辉的旧宅，从这门头就可以想见它当年的壮丽。段妮娜斜倚在红砖的门框上，短旗袍，眼神有些许迷离，身旁门上有白粉笔写的"内有恶狗"四个字。一个小男孩远远跑过来，嫌恶地瞥了我们两眼，小心地趴在门上，对着里面轻轻叫：唐兮，唐兮。我听着，不确认是不是这两个字，但心里想着，这院子里的女生总归是配得起这名字的。

　　雨，停了。汤房巷高墙上的荒草，点点滴滴有些水，落在石板路上，溅起一些寂寞的声响。我们相跟着，走到巷子尽头，上杭路，我们来了。

上杭路的老房子就是这样，
要变化看角度，
像凝望情人的眉眼，
细细地，
远远近近的，
才看得全它的好处。

福州商会旧址 —— 致远药行旧址 —— 采峰别墅 —— 建郡会馆旧址

—— 高氏文昌阁 —— 天后宫 —— 婆奶弄 —— 黄恒盛布行

上杭路比下杭路狭窄。

旧时上杭路颇多巨富，民国时整条街有八十余家商铺。整条上杭路最多的是会馆，有十余处，多是闽北商人在此居留所建。从汤房巷进上杭路，头一座就是清末的福州商会。

光绪三十一年（1905年），双杭的三位商人张秋舫、罗金城、李郁斋在下杭路成立了"福州商务总会"，协调各商帮事务。涉及福州、兴化、福宁等七府属，会员名额50人，皆富商巨贾。宣统三年（1911年），商会又耗银万余两，购入上杭路的屋宇做商会会所。

现在福州商会旧址的门头上有后来"福州市工商联"的石刻匾额，院门深锁。里面最出名的是一座八角楼，本名魁星楼，又有极大的院落和假山亭台，百年的古樟、古榕。如今，里面已经进不去了，我们匆匆拍了几张照片便向前行去。

天已放晴，向前望去，上杭路渐渐亮起来了，不宽，两边尽是青砖老

上杭路街景

福州商务总会旧址

宅，中式的，西洋的，铺陈开去。看得出老了，灰扑扑的，却有新东西模仿不来的气度。

咸鱼和池志海对着各处的门头、旧墙拍个不停，上下杭他们拍了不知多少回了，却总如初见。

我走得很慢，停在上杭路102号的檐门下，看对街上杭路85号楼顶与天际交接的屋檐，檐顶是道地的中式云龙纹，圆窗下的石雕花纹却分明是西

雕花窗

洋式的，中西合璧，自顾自地都精美异常，初建时不知会不会唐突，但被岁月打磨后，却融合得如此自然。反身站在对街，回望上杭路102号，微雨浥轻尘，明净得也十分美丽。上杭路的老房子就是这样，要变化着角度，像凝望情人的眉眼，细细地，远远近近的，才看得全它的好处。

段妮娜叫咸鱼给她拍照，我和池志海站在一处屋檐下看，她退到很远，手交织在身前，慢慢踱过来，眼睛装作看着远方，没有风，胸前的一朵大丽花却随着她的步子颤动着，脸旁有几根发丝，一恍惚，好像她真回到了从前，在咸康参号买了二两燕窝，不急着回家，只在路上贪恋一点雨后的风景。我们都嚷着要拍，于是在各个门檐下摆出遥望的眼神或幽怨的神气，当年这些房子的主人定想不到，几十年后，会有那么多

不相干的人将他们的家定格，留存在和他们全不相干的各色回忆里。

前面就到了上杭路95号，致
远药行旧址。致远药行原名元亨药
行，是闽王王审知三十三世裔孙王
开朗于清同治年间所创，药行共四
进，元亨的规模在当时的双杭亦是
居于前列。及至后来，王开朗之
孙王幼恺将"元亨"更名为"致
远"。抗战胜利后，除继续药材批
发，还兼做出口生意。隔壁上杭路
97号乃王氏家族世居的祖屋，大门
口上方，至今还可以看到那时写的
"福州进出口股份有限公司"白底
黑字招牌的留痕。

我在小本子上记着行进的线
路，一抬头，远远看见池志海招
手，很急切的样子，我快跑过
去，池志海指着一扇门说：里面
就是采峰别墅了。他的眼神像个
初恋的少年。

致远药行旧址

"进得去吗？"

"进不去了。"

"里面什么样？"

"很美，虽然我只去过一次。"

那是某年某月的某一天，采峰别墅的门忽然开了，有人在打扫，池志海就这样偶然地进去了一次，所幸那一次他带着相机，我们终可以从照片中看一眼这壮丽的大宅。

采峰别墅是福州商界巨擘、马来西亚侨领杨鸿斌的旧宅，建于1920年。那时，37岁的杨鸿斌纵横商界，如日中天，在福州上杭路彩气山南麓置地建别墅，取"采五峰之灵气"的意思，名"采峰别墅"。如今我们面对的挂门牌的大门毫不起眼，不过是当年的门房。池志海说，推开这扇门，后面是

采峰别墅

长长的马道，门后亦有坊门，重重叠叠望见别墅主楼那一刻的震撼，深深刻在池志海的心里。

1978年杨鸿斌的幼子杨振星移居香港，别墅遂无人居住，诺大的花园里，树木自顾繁盛，藤蔓缠

绕着坍塌的墙垣，四季里那些美好就这样被封印了。或许只有那每块砖上烧制的"采峰"二字，在岁月的孤寂里，一遍遍默念它的名字，独守着老宅那些还将继续封存下去的如尘往事。

建郡会馆

采峰别墅旁是上杭路128号，门旁挂着"上杭警务室"的灯牌，门头白灰水泥上嵌着一颗大大的五角星，这里就是建郡会馆旧址。

建郡会馆是清末建瓯商帮集资建造的，全盛时，进入大门，依次是戏台、天井，两侧还带有酒楼，正殿后是花园。但如今，戏台早已箫停鼓歇，酒楼早已酒倾盘倒，甚或哪里曾是戏台，哪里曾是酒楼，都要细细辨认了。

我们走进门，左右两列二层小楼，围成一方狭长的天井，正面也是一栋砖楼，看不出老宅子的迹象。正诧异间，咸鱼忽然远远地从左边一条过道里探出头，挥一挥手做个跟我来的手势，蓦地不见了，我们紧跟过去，左转，没看见咸鱼，却有一道小小的垂花门立在面前，一个个穿过门，一声声惊呼相跟着，里面果然别有洞天。

一道长长的石阶，夹在两堵黑黝黝的高墙间，逆光而上，光的尽头是又一座拱门，雕着西洋式的花纹，石阶的角度极陡，仰头望上去，那光像是从门里发出来的，短短一段路，竟像隔开了红尘，一路向天上行去的样子。

池志海忽然问：什么味道？咸鱼举着相机，也不回头，答说：旁边有两只木马桶。我们都默然，然后假装看不见，继续仰头向上看。

光极美，行到顶，是层叠向上的房子，石阶在房子里穿行，陡峭中，一折一转，上了山，又一折，石阶出了门廊，生了荒草，攀上一座红砖老房，竟是快到龙岭顶了。

我不再向上，退回到那座西洋雕花的拱门下，咸鱼他们都在拍那座青砖老楼。我也抬头细细看，房子挤在前楼和山势之间，木栏杆都已经朽了，依稀可见底子里的花纹。二层，是大屋檐，柱子和檐顶交界处还有木作的拱形雕花扇格。

正说话间，忽然有位老奶奶从栏杆后的窗里探出头，怕是被我们这些陌生人吵到了，却笑得很和气。咸鱼脸上又笑开了花，福州话在一仰头一低头间慢慢绵密起来，我们听不懂，只傻傻看着，咸鱼说着说着竟上了楼，也从窗里探出头，噼噼啪啪地拍着，然后他大声喊：看得见龙岭顶上的烽火台啊！

　　咸鱼下来了，我们沿着楼前的小弄到另一边，雨过后的石板路，青苔变得黏腻腻的，过道上的花盆和脸盆里都种着花，开到茶蘼。到另一头，才发现，原来和对面长长的石阶是对称的，我们就从这一边下到底，回到天井转头望，心里庆幸着，若没多行几步，这背后的风景就这样错过了。

高氏文昌阁

向前，是上杭路134号高氏祠堂。门口两扇墨绿色的腰门竟和我一样高，池志海笑说，这腰门原是只到腰这里，猫狗跑不进来，又不用全开了大门，隔着就能聊天，只是这两扇腰门高得连人都遮住了，岂不是门外加门，我们都笑，然后进了侧门。

门墙上嵌一块"高氏文昌阁"的石匾，文昌阁在院子的后进，建于清嘉庆年间，原为高氏书斋。我们先进了前院，很轩敞，满院子里都是花草，水瓮里也有，隐隐可以瞧见后一进的檐墙飞角。正堂里东西放得有些散乱，一个男人坐在四方桌前，喝着茶，盯着手里的报纸，我们轻轻绕过，他并没有抬头。上下杭就有这样的趣味，老宅子走进去，轻手轻脚

的，也没人拦你，不像那些拆了修得簇新收门票的地方。上下杭里你看得见历史，也触得到故纸堆外那些有温度的真切的生活。

拐进后堂，板壁上有半面墙的字，很久以前用纸糊上了，又被撕掉，细细看，纸下露出的字竟是描金的。后堂虽不很亮，但也看得出金漆的反光，在乌突突的板壁上显得十分华丽。穿出门，很窄的一条走廊，几乎没有光，暗处里，段妮娜趴在两扇朱红的大门上向里面张望，影影绰绰，咸鱼在走廊最深处，声音却传过来：你们推门试试！我们两个就去推门，却推不动，从门缝借一点光仔细一看，后面竟是一堵墙。我们都被唬得退了半步，身后的池志海慢悠悠地说：这个门封住了，要从龙岭顶那个门进呢。

我们只得出门，想了想，问池志海，你拍过文昌阁的照片吗？他点头，我们就大声

说：那就权当我们看过了吧。笑着到了往龙岭顶去的上山路，却没有停，我们想要先把上杭路走完。

路过上杭路140号，这里是浦城会馆的祭祀堂，飞檐斗彩，十分壮丽。院中的墙上写着整面的毛主席语录，很特别的是，院中四面房舍均有外露的梁，主屋顶上竟横着两根主梁，连池志海都啧啧称奇。

浦城会馆祭祀堂

路上，在墙角遇见"南城馆祭业"的小石碑。上下杭的路上行走，这样的小石碑常常得见，而上杭路尤多。

雨过，街上人不多，前面一位老人在门前自家小小的花坛里莳花，一蓬蓬的月季开得正热闹，整条街都像是被花色照亮了，老人的房子就在天后宫旁边。

天后宫即是浦城会馆，清末由浦城县商帮集资建造。临街的红砖正墙上嵌"天后宫"石刻直匾，两边门的门额分刻"河清"、"海晏"，依山势成阶梯式递进，四周砌风火墙。大殿祀天后，殿后有石阶，上建梳妆楼，据说楼边门辟小径通往大庙山。

　　虽然旧了，但清一色红砖的天后宫在这段上杭路上依旧很显眼。正门锁着，但门外有个小小的龛，插着两瓶黄菊，白灰斑驳的墙上也插着花，挂着香筒，龛里厚厚的香灰上供着好几位神仙，观音、弥勒，还有关二爷。

　　站在天后宫往对面看去，蟹螯板的二层木屋檐下扯出好多块遮雨布，层叠错落，衬出一方窄窄的天。再向前，左手边一条仅容一人行的小巷，这就是那条著名的婆奶弄了。

婆奶在福州话里就是接生婆的意思。民国时，这条弄子里住一位接生婆，姓陈，在这一带很有名，尤其妇人难产时，必要来请她。来的人常在巷外焦灼地大喊："婆奶在哪里？婆奶在哪里？"街坊就指着这条小巷，告之她的住处。那时小巷没有名字，为了方便人家寻找，就在巷口挂一块招牌，上写"婆奶"两字，其后，这条巷子就叫"婆奶弄"了。

婆奶弄

我们相跟着走进去，巷弄深处一扇高大的红漆门吱呀地开了，一位阿姨探出头，咸鱼立刻迎上去，谈笑间，知道阿姨住的这老屋恰就是当年陈阿婆住的那间，她也知道陈阿婆的故事。阿姨说，这间老屋住着的几代人都做着和医生相关的职业，世上竟真真地有这么巧合的事呢。

出了婆奶弄，沿路又看见了墙角有"南城会馆"的小石碑，穿过一道白灰的牌坊，上杭路快到底了，右边大庙山上看得见福州四中的校舍，最早是米芾写的那块"全闽第一江山"就在里面。山下原也是上杭路的老房子，早被烧掉了，墙里一大片空地，树木荒草都长疯了，街对面就是当年兴隆一时的黄恒盛布行。

浣花庄

黄恒盛布行是传奇般的黄氏家族最早的产业。黄家三代经商五十载长盛不衰，全盛时，黄家拥有遍及酒庄、典当行、文具店、地产、汽车运输等行业的二十余家企业，光是带院子的宅子就有192处，还不包括田地和他们自己家人住的地方。黄家雇了亲戚专门收租，每月收齐房租也是要花时间的事，因为地方太多了。黄家曾经的收租人黄健显的夫人林老太太说："现在义序机场的那片地以前都是黄家的，黄家的老宅就在义序尚保村，大概有3000平方米。不远处还有黄家的一栋洋楼，那洋楼真的大，我们以前上午8点去，到中午吃午饭的时候还没逛完一半。"

繁华总若镜花水月，和上杭路一众显赫的家族一样，黄家现在留给世间的只是上杭路上这间颓败的布行和下杭路上一间老屋。云慢慢开了，似有似无的阳光照在上杭路沿街高大又破败的灰砖墙上，我好像看到，高耸的檐顶上，青苔正在慢慢生长，分不清是盖住了蒙尘的过往还是绿了下一段故事待续的旅程。

烟火气漫开来，
又缓缓地散去，
时间好像被拖得很长很慢。
想是这巷子里，
我们陶陶然的幽静恰是年轻人
最耐不得的寂寞吧。

曾文敏宅 ———— 生顺茅茶栈 ———— 龙岭顶 ———— 邓柳总政府 ———— 武圣庙

———— 大庙山巷 ———— 依姆花生浆

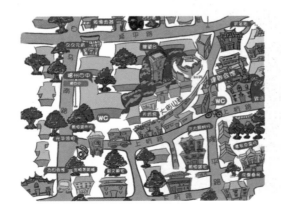

曾文敏宅

走完上杭路，沿南园巷，我们回到下杭路，这里还有几间老宅被我们遗漏了。右手边就是曾文敏宅和生顺茅茶栈。

曾文敏是上下杭的纸行商人，这座旧宅是带头房的三进院落，院落两侧风火墙的灰塑、彩绘依然清晰可见，宅子内的门扇窗格也还存留着许多雕花。

和曾文敏宅在史籍上的寥寥数语相比，它旁边生顺茅茶栈的故事就精彩多了。

生顺茅茶栈一排灰砖大屋，靠近繁喧的白马南路。岁月打磨，已经没了霸气，像是寻常院落，但

生顺茅茶栈

这里曾是东南茶王欧阳康的故宅。

明正德年间，长乐欧阳家就是茶商了，至清光绪年间，欧阳家搬到现今的下杭路，开了"恒元堂"茅茶帮的"生顺茅茶栈"。到欧阳康接掌祖业的时候，靠上乘的茶品、极佳的信誉，名闻福州，成了数一数二的大茶商。欧阳家的花香茶最为知名，不少老福州人最好的那口"一枝春"，就是欧阳家的。此茶本无名，因欧阳家有个商号名"一枝春"，这茶便也被人唤作"一枝春"了。光绪年间，京官盛行鼻烟，欧阳家以绿茶熏窨制作独树一帜的鼻烟，声名鹊起，畅销京津，获利甚丰。港英总督又引荐欧阳家绿茶给英国王室，其后更盛行于欧洲，成就了欧阳康"一代东南茶王"的美名。

抗战爆发后，为阻日寇水路入侵，福州闽江口构筑了阻塞线，欧阳家将自家经营的乾泰轮船公司所属"镇波"、"海邹"、"澳江"3艘商船填满石块，自沉于闽江口，以阻止日寇。1942年4月，欧阳康病逝于福州前，只余一句话给欧阳家的后辈：宁死不当汉奸。或许，知晓了这些掌故，再看那五进塌得只余两进的欧阳家旧宅，便会生出些不一样的伤古幽情吧。

朝隆平路的方向走去，左手边高墙青瓦的一座大院落，旧了，却依然有恢宏的气势，这就是我们刚刚走过的上杭路黄恒盛布行之黄氏家族的旧宅。那时，这里的主人号称"黄百万"，五进深的院落，画栋雕梁，富贵逼人。

龙岭顶 小道

我们几个走得有些累了，咸鱼一眼瞥见黄家大院斜对面的闽清全番饭，一声欢呼便奔了过去，刹那间，草根炖猪蹄、猪肚炖土鸡、全番鸭汤上了满满一桌。不耐烦地等咸鱼拍完照，霎时举座无声，大家吃得认真。一轮过后，才长舒一口气，抬头四望，眼睛还是离不开黄家大院，旁边一位老人见我们专注，便攀谈起来。这座老宅20世纪50年代时被省邮电管理局收购，做了职工宿舍，他便是那时搬进去住的，快七十岁了，依然记得搬进去的那天，房子那样漂亮，甚至连屋顶的瓦片也那样华丽。"梁上柱子上都涂了金粉，像座官殿一样。"老人的眼睛也看向那里，仿佛五十几年前，年轻的他和华丽的大宅初次相遇时的样子。

吃毕，行到隆平路口，段妮娜要回去了，"还没喝龙岭顶依姆的花生浆呢！"她低声嘟哝着，依依不舍地告别了，短旗袍在转角处消失的背影，就好像上下杭几十年前街头最寻常的风情。

经过隆平路上的元大颜料行旧址，我们又到了龙岭顶的脚下。

龙岭顶位于大庙山的山麓，汉高祖五年（公元前202年），因无诸助刘邦灭秦击楚有功，汉王朝遣使册封无诸为闽越王，无诸在此筑台受封，此台称为汉闽越王台。无诸去世，相传就葬在册封台后面。后人又在册封台旧址旁建武烈英护隆闽王庙，也称汉闽越王庙，俗称大庙，此山亦被唤作大庙山。

　　一条上山路蜿蜒在眼前，在福州生活了15年，这是我头一次站在龙岭顶脚下。我从书上读过，旧时每年九月九，老福州人一定要来龙岭顶登高，在这一天爬到最顶上的登高石上站一站，小孩子会长高。我还差两公分到一米八，不知上去站一站会不会就此突破，晋身偶像艺人的标准身高之列呢？我偷笑着爬上石阶。

　　行了几级，眼前是一片烧焦的断壁残垣，两年前龙岭顶的一场大火让边上的宅子尽化焦土，龙岭顶的依姆花生浆也在那时为全城人熟知。依姆名叫沈依煊，那场大火正好烧到她家为止，留下个厝壳，依姆就和重病的儿子住在烧过的废墟里，每天依旧靠卖花生浆度日。媒体报道后，人们纷纷来买，从那时起，依姆的花生浆就成了龙岭顶特别而又温暖的风景。

　　咸鱼推开旁边的一扇门，原来依姆现今就住在这里，正在熬着花生浆，见我们来了，抬头笑，十分斯文和气，咸鱼问，她细声答着，花生浆还没煮好，她让我们先上龙岭顶，下山渴了刚好赶得及喝。

我们出门，沿石阶向上行，焦黑的废墟上，两边的住户开垦出了一小片一小片的菜园，一畦畦新绿刚刚破土，就像这儿的人，日子再艰难，总要往下过，只要时间还朝前走，希望总是在的。

池志海忽然指着左手边的山上说：看，那就是民国十五年（1926年）福州救火联合会建起的瞭望台，那时是监看上下杭火情的！我们都向上望，瞭望台在大庙山山顶，很高，站在上面定可看得很远。我抬着头说：好想去上面站站，看看能望见什么！池志海低下头，看着眼前，幽幽地答道：可不就是这片大火后的废墟。我们又全都低下头，这情景忽然有些讽刺的味道了。

邓柳总政府

穿过大红色的邓柳总政府，沿石阶又爬了一段，穿过一道窄窄的牌坊，龙岭顶上的小广场蓦地出现在眼前。大抵因为行过一片废墟，所以第一眼看见这平台上挤挤挨挨的木板房，竟有闯入桃园的错觉。这里只有百余平方，巨大的榕树遮住了本就狭小的天空，石板路刚被雨洗过，有黑黝黝的光，几家店铺闲闲地开着门，有老人坐在门口有一搭没一搭地聊着天，对面就是另一条下山路，隐约看得见山下往来驶过的公交车。两头出口的光亮些，显得这里的格局竟像是一座小小的岛，又像是拍民国戏搭起的精巧的摄影棚，我不禁有些恍惚了。

三穿井

池志海叫我去看三穿井，石台上有三个井眼，看似三口井，实则是一口而三眼，都加了铁盖。据说，这井极深，水也极清。即使天再旱，井水也不枯竭。这样的井以前龙岭顶上有三口，现在只余其一了。

武圣庙

三穿井旁是武圣庙，据说有两百余年的历史了。旧时来往上下杭的生意人，甫到福州的第一要事，就是来庙里朝拜关帝。如今，武圣庙已做了幼儿园，外墙朱红犹在，里面却已拆得干净，只剩一进屋架立在院中。

我问池志海：为什么武圣庙做了幼儿园呢？

池志海答：下杭路的会馆不也做了幼儿园吗？

我们遂都默然。

大庙山巷

太阳偏了些，我们反身进了大庙山巷，缓缓的坡向山顶延伸，一侧沿着山势修起了高高的白灰墙，上面的荒草看得出年头了，另一侧是层叠错落漫上山坡的老房子。巷子更是幽静，一路上大大小

小的佛龛，窄窄的院门里藏着文昌阁或是心堂，供着种种我叫不出名字的仙佛。来来回回只看见一位买菜的老人慢慢踱回来，不知是什么日子，一户人家的门口，一位妇人蹲在那里点着香烛，烧着黄裱纸，供了一碗米和一碗菜蔬。烟火气漫开来，又缓缓地散去，时间好像被拖得很长很慢，想

是这巷子里我们陶陶然的幽静恰是年轻人最耐不得的寂寞吧。

　　回到龙岭顶脚下，依姆的摊子支起来了，我们每人买了一瓶花生浆，咸鱼多要了一颗卤蛋。我坐在小桌旁的竹椅上慢慢用吸管啜着，花生浆甜甜的，磨得很细，有现煮的新鲜味道。对面街上，一个男人坐在摩托车后座上奋力啃着一只鸡爪，他旁边的小杂货铺前，支起了一桌麻将，远远的，一个穿睡衣的妇人提了青菜朝这边走过来。我回头看了看依姆，她很祥和地坐着，脸上有浅浅的微笑，全看不出那一场大火后的悲凉。我忽然间有些懂了，这上下杭繁盛过，落魄过，上百年来，早已淡然，就像那从尘埃里开出的花，即便寂寞，但它心里知道，那些美丽，曾经来过。

依姆花生浆

朱　　　紫　　　坊
坐　看　时　光　流　过

安泰河，是唐罗城护城河之一，安泰桥便是罗城的利涉桥。《榕城景物考》载："唐天复初，为罗城南关，人烟绣错，舟楫云排，两岸酒市歌楼，箫管从柳荫榕叶中出"，那时这里叫做达善境。及至宋时，筑外城，此处便是城中，嘉祐、熙宁间，坊内通奉大夫朱敏功兄弟四人皆登仕版，朱紫盈门，遂称朱紫坊，更是繁盛。巷坊交错，舟楫楼连，酒市笙歌，像极秦淮。宋曾巩《夜过利涉门》诗吟：红纱笼灯过斜桥，复观晕飞插斗杓。

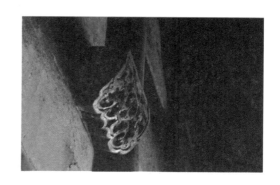

人在画楼犹未睡，满堤明月五更潮。纤巧的船从安泰河上漂过来了，欸乃声中，过了斜桥，水畔参差的酒楼旗招，美人靠上好像斜倚着女子，剪水双眸，隔着纱，有些看不清的样子，朦朦胧胧的，后堂飘来箫管低回的呜咽声。

那时，这里是既雅又俗的地方，百货随潮船入市，万家沽酒户垂帘。以前站在安泰河边能观潮起潮落，涨潮时，安泰河水位逆流，货物随船运至城里，在朱紫坊卸货，退潮时，安泰河水又恢复流向，正是那时福州内河的奇妙之处。

进朱紫坊不多时，就看到坊巷里现在最知名的老宅，萨家大院了。萨家为色目人后裔，但入闽日久，是福州望族。萨家大院是民国海军总长萨镇冰的祖居，厦门大学校长萨本栋、中山舰舰长萨师俊之故居，始建于明代，五进。斗拱屋架精雕细刻，厢房门扇均用楠木，花厅有10扇楠木屏花，刻有108种图案。花厅前假山鱼池、楼阁台宇，不尽华美。整座大院，前三进宽、后两进窄，空中俯瞰状如簸箕，传为"日进斗金"之意。

龙墙榕

　　向朱紫坊深处行走，古榕越来越多。行不多时，就看见了那棵和双抛桥合抱榕并称福州第十大古榕的龙墙榕。榕树裸露出地面的树根和原先树下面的那道土基，看起来就像一堵根墙，形势宛若蟠龙，故名龙墙榕，根须盘错仿若一扇屏风的"龙墙"呈东西走向，绵延近十米，树根衔着数块宋代古砖。朱紫坊河沿大概是福州古榕最密植的地方，据说都有几百年的历史。宋英宗治平年间，当时的太守张伯玉命百姓广植榕树。"三楼相望枕城隅，临去犹栽木万株。试问都人来往处，不知曾忆使君无。"此处的"使君"或许就指张伯玉吧，而眼前所见的这些古榕，据说就是当时留下的。

过"龙墙榕"，到朱紫坊30号，这座门面呈"凹"字形的民居，相传就是林则徐遇雨招亲的地方。这座宅邸是官至泌阳知县的郑大谟的家。当年林则徐住在光禄坊附近，家境不富裕，少年林则徐奉舅父之命到鳌峰书院送文章。回程行至朱紫坊就下起大雨，他只好就近在花园弄口的郑家檐下躲雨。闲来无事，便大声读舅父的那篇文章，惊动了郑大谟。郑大谟喜林之文思敏捷，断定必成大器，遂有意将大女儿郑淑卿许配给林则徐。清嘉庆九年（1804年），林则徐乡试中第二十九名举人，就在中举那一天，他正式迎娶了郑淑卿，终成一段佳话。

朱紫坊段的安泰河上，古有利涉桥（安泰桥）、广河桥（新桥）、福枝桥三座桥，所以朱紫坊也别称"三桥"。再向前，就看见鼓楼区人民法院门口的那座广河桥了。桥始建于清乾隆十一年（1746年），旧时桥的栏杆是木头做的，在桥上还有一个观音样

子的佛龛，所以也有人叫它观音桥，桥对面曾有一座尼姑庵。现在从桥旁的楼梯顺道而下，还能清楚看到桥东面的石壁上刻有"广河桥"的字样，只是如今，它亦因几经改建而只是座普通的水泥桥了。

沿广河桥向前到福枝桥，这一段巷子前些年大大有名，只因巷子里不知何时多了好几家蹄髈店，多以破店为名，盛极一时。我那时也是爱好者，有时和小庄借了衣服，天色向晚，便拐到这里来，常常被嘴刁的食客嘲讽分不清到底哪家是正宗，倒也不在意，随便寻一家，穿厨房，过天井，走边门，到老宅花厅，发现食客已满，便又退出来，在巷子里的老墙下落座，点上一碗招牌蹄髈，还有脆皮大肠和鼻涕鱼，就着晚凉的风，吃得极尽兴。小庄一向怕油腻，在这儿倒也能吃几筷子，可见味道的确不一般。巷子里极热闹，各家店的老板哑着嗓子，用虾油腔大声报着菜名，此起彼落，伙计穿花似的上菜，像是打仗一样。抬头，高墙上的一盏白炽灯把我们的影子拉得很长，穿着木拖鞋的依姆叫卖着茉莉花，清脆的足声敲着青石板从身边经过又走远。那些年，夏日里这样的瞬间，随着破店的搬迁，也就只能定格在记忆中了。现在，间或还有身在异乡的朋友，每每念及福州，忍不住就会提起朱紫坊的破店，绘声绘色描摹着，那一碗招牌蹄髈便真真切切化作了心中乡愁的滋味。

方伯谦故居

　　告别曾经的破店，闲闲地走着，可去看看清初营建于宋代朱敏功兄弟宅址上的方伯谦故居和福枝桥旁"朱紫达善境古迹"的石牌坊。幽静的巷弄里，我常和同行的朋友讲起荔枝换绛桃的故事。最初知道，是因为一出闽剧，到后来，从史料中发现这故事就发生在我常常行走的朱紫坊，便多了讶异后的亲切，也便常常向别人讲述了。

　　后唐时，家住在利涉桥旁的书生艾敬郎，端午节在西湖荷亭巧遇隔河而住的姑娘冷霜蝉，两人一见倾心。一天，艾敬郎凝视对河荔枝树，想要作画，冷霜蝉以为艾敬郎口渴，便摘了荔枝投过河岸。艾敬郎接过荔枝，将题了"身无彩凤双飞翼"诗句的绛桃投回，冷霜蝉便也题了"心有灵犀一点通"的诗句还给书生。于是，在安泰河两岸，两人投荔赠桃，私定了终身。岂料，闽王征宫女，冷霜蝉被抢进宫。最后，这对恋人一同跳进柴塔的烈火中，化成一对鸳鸯，双双腾空飞去。

　　朋友每每听完，都问：这故事当真发生在这里？我答：当真！他们便转头打量河两岸房子的距离，然后打趣地说：这么远能扔来扔去，两个人真都可以去投铅球了！我听罢也不禁抚掌大笑。且笑且向前行，转回头再过广河桥，一转，就进了我走过不下百次的花园巷。

花园巷极窄，仅容两人并行的样子，因此显得两旁墙是那样的高。据说这墙旧时是大户人家的封火山墙，从脱落的墙皮看进去，层层叠叠的土坯里夹杂着贝壳、碎瓦片、稻草秆，十分厚实。墙顶有灰瓦，依着走势，现出优美的曲线，隔几步，就有一扇开得极小的门，而门后就是朱紫坊里那些高阔美丽的院落了。

花园巷

右边的高墙里是郑大谟的宅子，花园巷2号的小门，朱漆早已脱落，4月的那一天，门上还插着艾草。左边的高墙开着一扇门，花园巷5号，就是福州历史上父子"双翰林"陈海梅、陈培锟的宅第"陈氏家庙"。

行到底左转，就进了花园弄，这条巷弄正是因了那座传奇般的芙蓉园而得名的。

一座芙蓉园，看尽了百多年的锦绣与兴衰。它的第一任主人是南宋参知政事陈韦华，那时称为芙蓉别馆。陈韦华的父亲是理学大师朱熹的学生，11岁时，陈韦华初见朱熹，朱熹出联考他，上联："一行朔雁，避风雨而南来"，陈韦华应曰："万古阳乌，破烟云而东出。"

芙蓉园

陈韦华一生抗金，82岁高龄还出任福建安抚使兼福州知府，墓葬就在南屿大樟溪畔兔耳山下双龙村附近，芙蓉园正是他的府第别馆。其后，芙蓉园几成废园。及至明末，内阁首辅、独相叶向高挂官归乡，入住芙蓉园，这里才再现生机。叶向高酷爱太湖石，他在芙蓉园植入的奇石，据称可与苏州园林比美。民间传说叶向高从太湖购买的假山从海路入闽，上岸后经南门兜进城。最大的假山石"波

罗牙"，像神仙巨掌，掌心上隐有佛像端坐，又称"达摩面壁"。当巨石被工人抬过南门兜瓮城城门时，因太重，工人想在台阶上休息，怎料失手压断了一条石门槛，叶向高因此赔了三百两银子。及至清，芙蓉园就归于前面写过的三山旧馆主人龚易图所有了。他在园内造白云精舍、小泊台、武陵别墅、仙人旧馆、岁寒亭、弓亭、仙爷楼、月宫等楼社亭台，又移玉兰、薄姜木、荔枝、桑椹等稀世古木，一时芙蓉园园景之胜名震福州。

然而，百多年来，芙蓉园的美与显赫又总是如此匆匆，繁华一刻后，即是落寞。史上留下的诗句如明郑少谷为芙蓉园所题联刻：巷陌过颜，老去无心朱紫；园名自宋，秋来有意芙蓉。又或清杨庆琛的《朱紫坊》诗：画栏容易夕阳斜，燕子难寻王谢家。朱紫坊前留古巷，芙蓉园里访秋花。也多是凄清的词义。

如今的芙蓉园，更已破败不堪，与安泰河水潮汐相通的池塘已成死水，太湖石已拆去西湖，白云

精舍仙人旧馆唯剩腐朽的木门和满园的杂物。4月的一天，我又走了进去，天很阴，雨快下来了，天井里很黑，几位老人悄无声息地坐在暗影里。院子里几十年来的各种搭建层叠错落，闻得见茶米油盐的气味，却再想不起百多年前锦堆玉砌、朱楼绣错的点滴影子了。朱紫坊高墙下的斜阳里，它寂寞而立，不念身后曾经的繁华，只遥望我们看不见的未来。

　　比邻芙蓉园，是现在香火还鼎盛的罗山曾公祠。供奉的是明代万历年间来福州任闽县典狱长的湖南安仁人曾扬立。曾公仁爱，每年农历十二月廿五到正月初四，特许犯人回乡团聚，共享天伦。某年，曾公释放三百囚犯。岂料春节后乌龙江大水，渡船不得过。尚干乡人林玉侍奉病重老母又遇风浪无法得返，曾公自觉失职自尽。林玉赶至后，见曾公为他殉职，抱尸痛哭，后撞死在曾公尸旁。乡民深为曾公感动，建祠以资纪念至今，此处亦别称牢堆口。

罗山曾公祠

那日行到这里，突遇暴雨，我便在门廊棚下避雨。曾公祠红漆大门上描着鲜艳的门神，门上"古迹罗山曾公祠"烫金的匾额，大堂内曾公坐像，披金色箔衣，神色生动，不见丝毫老旧，定是有人常常拂拭。窄小的巷弄里，神与人和气地相处着，日子在平凡中流过，好像这几百年来，我们只等了几场花开，几场雨落，就到了眼前。雨有些小了，我起身，小巷里到了晚饭时分，挤挤挨挨的鱼丸店、

海鲜摊、菜蔬铺，小风扇转着塑料袋驱着蚊蝇，老板身后的墙上挂着毛主席像，老人们慢吞吞地挑着花蛤，空气里有爆香的油烟气，骑着自行车的人叮铃铃请人让路急着赶回家吃饭。身旁一位老人也不看我，却又像是对我说：雨不会停啊，依弟，快回家吧。我撑着伞，有些迷离，"前街卖蚶，后街看灯"，这朱紫坊里现今的市井气比着那高墙深院里的

锦绣云烟，更让我觉得亲近，或许，这正是我深爱了十几年的老坊巷的味道吧。

我没有回家。雨时疾时徐，花园弄里还有两条更小的弄堂，芙蓉弄和府学里，窄得两人相遇都错不开身。进府学里拐两个弯还有"奉旨重修"的明代名臣"董见龙先生祠"。两条巷子幽且长，都极美，每个门楣里都有曲折的纵深，现在虽是寻常人家，但院落里古树或檐角都不经意地透露着它们不凡的前生。几乎没有游人，那样落寞的巷子正合我心意，风景不在别处，身边即是远方。这一刻，这

里，是我一个人的。

顺着府学弄，我转出了朱紫坊，又回到了圣庙路。文庙在侧，虽然它的历史可以上溯到唐大历七年（772年），观察使李奇从城西北移建于此，但我们现在看到的文庙是清咸丰元年（1851年）重建的。在福州的十几年间，我办公室的窗一直对着它，最早时是福州少年宫，后来看着它一天天重建，拆除了八一七路它围墙边加盖的我常常买东西的店铺，除了两边厢房里的各种搭建，上了灰瓦，白了院墙，重铺了砖，新上了红，然后庄严肃穆起来。没变的是

孔庙

官门旁的额题"江汉秋阳"、"金声玉振",还有"文武官员至此下马"的石碑,我曾在那里拍过节目的片头。

　　站在圣庙路的路口,想起那些年我在这里呼啸而过的青春。圣庙路1号,凝结了许多人少年时的回忆。看过去,南门兜的大榕树依旧繁茂着,虽然它已不是古时立在这里的那棵母子榕,那棵在"文革"时被砍掉了,但又怎样呢?命运,我们猜不透也逃不开。这棵后移来的大榕树也在这里几十年了,和我一样,我们都在人生的一个岔路口,因着一种玄妙的缘份从别处来了这里,然后生了根,留了回忆。

　　这就够了,如同身后的朱紫坊,那些暗香里的流年,经过,也就无憾了。

南 后 街
剪 断 前 尘

一大早，

穿过文儒坊悠长的巷子，

静悄悄的，

一个人也没有，

两边的老房子也像刚醒过来，

飞檐像很多年前一样美丽。

我听着自己的脚步声，

有些害怕，

看着巷子的那头，

深怕走出去，

就穿越回了清朝。

桂枝里——南后街——澳门桥

人生际遇总是奇妙。我的一位同事初次见到我，是在丽江古城，另一位同事则是在鼓浪屿人潮汹涌的轮渡码头。那时，我们只是人群中擦肩的陌路人，谁都不曾料到，时光走了一程，我们就相遇了。更奇妙的是，我调到913福建汽车音乐调频工作的第一天，副总监丽雅姐对我说，知道我第一次见你是在哪儿吗？我追问，她笑着说，是在灵响菜市场门外，你去买菜的路上。这真出乎我的意料了，那是整整十年前，我租住在澳门新村时候的事情。澳门新村距离南后街步行也就两三分钟的路程吧，照这样算来，我也曾是南后街旁的老住户了呢。

关于三坊七巷南后街，我原本不打算写的，行走福州的书里至少一半讲的是这里吧，写得也那样详细，实在不多我一篇。但丽雅姐一句灵响菜市场，却勾起了我许多淡忘的回忆，那大都是还没拆迁修葺前的往事，就略写几笔，算是给我自己的回忆吧。

十年前，我租住在澳门新村，门口就是安泰河。往澳门路的一段看得见河水，往津泰路的那一段记忆中好像被水泥板盖住了。那时还没清淤，总是一河死水的样子，读过些书，知道前几朝这里还能行船，但总想不出那船是什么形制，竟能在这样窄的河道里穿梭往返。新村门前的小道叫桂枝里，出门左转，路上有几棵高大的古榕，都从河岸边伸出来，遮天蔽日，据传也是宋张伯玉时留下的，其中一棵还有香火牌位，依稀记得好像供的是观音。行不了几步，就到了澳门路上，右转

桂枝里

就是南后街了。

那时的南后街不宽，两边大都是两层格局的棚屋，木头有年头了，都有些黑黑的颜色。底下一层挤挤挨挨的都是店面，上面住人，撑出密密麻麻的竹竿，晾着花红柳绿的家常衣裳。街上的人绝不比现在少，却大都不是游客，而真真是来逛街买东西的。记忆中，南后街上最多的是卖衣服的、卖灯的和冥铺店。衣服都是价钱不贵样子新鲜的，与东百、津泰路上的店比起来，便宜很多。记得晚上或是周末，有许多仓山的大学生乘公交车在南街下，便拐来南后街买衣服，熙熙攘攘的，热闹极了。

南后街回忆

花灯则是南后街的招牌，隔巷帘栊横笛夜，后街风月买灯天。据说，南后街的花灯始于宋，盛于明清。据宋《武林旧事》载：福州用纯白玉镶嵌的花灯"晃耀夺目，如清冰玉壶，爽彻心目"，风评福州花灯更在苏杭之上。世居衣锦坊洗银营的郑拔驾先生在1932年商务印书馆出版的《福州旅行指南》"风俗"篇中说："正月十五日为上元节，此数日间南后街一带灯市极盛，灯系纸制，禽鱼鸟兽俱备⋯⋯南街一带人山人海，西门外临水奶出巡，观者亦多。"可见灯市盛况。

南后街以前有好几家专制花灯的店铺，大多是家传手艺，可是花灯的卖买好得只有正月那几天，所以平时在南后街上看到的就只有用于寺庙悬挂的大灯笼或迎神用的"高照"、丧事用的"百子千孙"和照明的小灯笼了。一般店铺很少有招牌，就是叫做某某灯笼店。但每年元宵，这里必定人山人海，南后街的灯市旧俗在正月初三开始，一直到十五闭市，其中以初八至十二最为热闹，民谚有"元宵只看初八灯"之说。那时我们都年轻，春节若不回老家，必定几个好友来这里人挤人，买上一盏莲花灯去北江滨的望龙台去放，花灯随水漂远，心里默默许个万事顺遂的愿，这年好像才算过完似的。说也奇怪，那些放灯的年份，运气都格外的好，这灯便也年年买年年放了。还有福州的好友，不但买自己的灯，还要替长辈另买一只送家里的小孩，福州童谣有："正月元宵灯，外婆疼外甥（孙），送来红红橘子灯，吉利又添丁。"早年福州女儿出嫁，娘家都得送灯，若没生就送"观音送子"灯或"天赐麟儿"灯，孩子出生了第二年就送"孩儿坐盆"灯，第三年以后送"橘"灯，有几个孩子就送几盏，一直送到小孩16岁为止。有的生两个送三盏，多的一盏叫"出头灯"，希望小孩出人头地。住在官巷的清嘉庆举人杨庆琛的《榕城元夕》竹枝词曰："天赐麟儿绘彩缯，新娘房中霞光增。宵深欲把金钗卸，又报娘家来送灯。"说的就是这个习俗。

正阳门外琉璃厂，衣锦坊前南后街。旧书铺和裱褙店也是那时我常去逛的地方。据说，清中叶以后，南后街二十多家旧书铺，修补字画知名的醉经阁、陆记古旧书店、六一居；经营旧小说、闽腔唱词、曲本的观宜楼；搜罗、收购善本的味芸庐等等，顾颉刚、郁达夫、郑振铎、谢冰心等，过福州，都爱到南后街逛书坊，买些古旧善本。但我记得的就只有米家船了，这家老字号，一直是南后街上的某种标识。米家船最早从福州西河迁到城内南后街开裱褙店。清朝的福州举人何梅生为店题匾"米家船"。据传，北宋米芾常乘舟冶游，爱把所作字画挂于船头，晾晒展示，米家船就取米家书画满河滩之意，由此，生意大好。我不懂裱褙，但爱站在门外看，店主在那上百年历史的楠木大桌上张裱字画，修复旧物，不知觉中，夕阳投下影子，才慢慢归家。

其实，那时南后街很有些破败的影子，后几年，总说要拆迁，街上的店家们都很没着落的样子，整条街都有些心不在焉，房子便愈发显得旧，有时大风大雨，回家的路口远远总能望见南后街上这里倒了榕树，那里漏了屋顶。现在很多怀旧的人看见簇新的南后街，心中总会念起过去的古朴。其实，大多数人可能从未见过这里凄风苦雨中客人散却后的狼狈吧。

澳门桥

南后街不是每天都逛，但在这里的琐细生活却是天天都要过的。那时，我常常周末的早晨沿着安泰河去买菜。出桂枝里，澳门桥路上那时都是市井气的小店，澳门桥边大宅沿街开有水果店、竹器店、光饼店，十分方便。竹器店夏天张挂很多条竹帘在门外，遮着日头，记得有位年纪很大的老妇人看店，赤着脚，

佝偻着背慢慢为客人拿竹席、竹垫，没事时就坐在门口的竹椅上发呆，夏日的蝉叫得人很不耐烦，她却很安静，好像已经在那里坐了整个世纪。

顺着澳门桥边的小道，我会去灵响菜市场买菜。这里古时有座灵应庙，庙中所祀皆为烈女，遂成地名，后改为灵响。沿路也都是老宅，巷弄交错，若时候很早，常常看见妇人在路边刷马桶。我也漫无目的随意拐进过小弄堂，三坊七巷的老房子都看得出旧日的壮丽，但那时无一例外都败落得很不堪。院子里搭建出各色小棚屋，想象得出每个院落里都曾有过勤劳的父亲，老燕街泥般地营造着更幸福一点儿的生活，他们或许也想留着那些亭台水榭，花厅绣楼，可大杂院里的生活又怎能容得下那么多风花雪月呢。

灵响

就这样，我在桂枝里住了两三年，搬走后，就不常回来了。时间大概又过了六七年，2008年底，因为在乌龙江边的房子正装修，我又搬回了这里，这次住在通湖路，面前正是三坊七巷的大工地。

在通湖路的那一年，三坊七巷的改造正如火如荼，每条坊巷里都日夜开工，院墙拆开了，积年搭建的木板房铲平了，以前从未曾一睹究竟的大院落全都敞开在我面前。那时，我一度很痴迷在三坊七巷的工地里转悠，一堵堵老墙，一座座只剩骨架的老宅，堆成排的雕花窗、木门扇，小山般的旧瓦片、旧砖头。穿花厅，进后堂，静静地走，默默地看，想着每个厅堂里曾经的才子佳人，红袖添香。所有的院落看起来都平等了，没有名人宅邸和寻常人家的区分，有的只是摊开在阳光下晾晒的同样的旧房凡尘。路上，间或总会遇见几个背着单反来拍照的年轻人，那几年，来这里拍照凭吊仿佛成了福州小资身上贴着的标签。我却不拍照，只用眼睛，一眼一眼扫进心里。

慢慢地，三坊七巷的修葺有了样子，墙又围起来了，青砖又砌起来了，白灰还没干，朱漆还有些刺眼。除了南后街，别处还没有游人如织，那是我最爱这里的一段时间。每天不开车了，走路去上班，一大早穿过文儒坊悠长的巷子，静悄悄的，一个人也没有，两边的老房子刚醒过来，飞檐像很多年前

一样美丽。我听着自己的脚步声，有些害怕，看着巷子的那头，深怕走出去，就穿越回了清朝。晚上加班回家，在南后街吃一碗耳聋伯元宵，看街上牵手的情侣，觉得，福州真是可爱。

再后来，我又搬走了，再回来时，就是如今的南后街了。桂枝里的对岸修了长长的风雨廊，从澳门路绵延至安泰楼，木头还有未干的清漆味道。澳门桥头的竹器店变成了日式拉面店，门口也没有了静静坐着的老人。安泰河清了淤，澳门桥到灵响的一段水变清了，养了上百尾锦鲤，桥头终日挤着人喂鱼拍照。河里植了芦苇，还在大瓮里养了各色水草，甚至还有了几只木船。新铺的石板路两边都是重起的仿古楼，各色私房菜、咖啡馆，对岸的廊椅上是挤在一起的小情侣，美人靠上坐着乘凉的老人。我通常坐在南洋咖啡里，等太阳落下，路灯亮起来了，不算亮，天还有些残留的蓝，那些屋檐，影影绰绰的，如果不是河上交错的大榕树，你可以认这里做丽江、乌镇或西塘。

南后街和三坊七巷我不常去了，那里是游客的天下。从前，南后街很破，却能逛一个下午，现在，店那么多，却几分钟就从头走到尾。星巴克里人那样多，永和鱼丸里也没了邻里家常的味道，不是这里不好了，而是，再找不回那时的心情。我只会挑下雨人少的时候，撑着伞，拐进安民巷，去指月小院，点杯咖啡，天井里，雨又下的有些寂寞的味道，才觉得，这时候，这里，又是我的老巷子了。

北　　　后　　　街
旧 时 光 里 的 美 人

梁燕自双归，
长条脉脉垂。
一杯茶，
在这曾经的三山旧馆里，
春也一样是春，
柳也一样是柳，
却忍不住轻轻念道，
粉看看又别，
空剩当时月。
月也异当时，
凄清照鬓丝。

北后街——西湖百货商场——世家龚氏廖氏——三山旧馆——半野轩

环绕西湖公园的湖滨路一向很得我钟爱，虽然某一年不知原因地移走了许多棵大叶榕，几欲合围的浓荫变得稀疏了，我依然爱在下雨天或者黄叶覆地的季节在这里一个人寂寞地行走。而通往福建会堂的那一小段，我更是喜欢，路中高大笔直的棕榈树，树下落英缤纷，遥望过去，西湖就在眼前，因了这个距离，无论烟雨的三月还是微凉的深秋，这一汪湖水都如此恬静。那时，迦雅咖啡还开在路尽头，矮下去一点的小庭院里，临街却不喧闹，天气好的时候，我常常一杯咖啡懒懒地坐一下午，一本书，也不想什么心事，爱福州的心便在那样的日子里一分一分地加重着。

即便我曾如此频繁地出没于此，但在咸鱼带我走进它的那个正午之前，我从不知道湖滨路后面有一条这样奇妙的小巷，北后街。

咸鱼从小混这一带，一踏进横在两条街之间的无名小巷，他就兴奋起来，边拍照边叽叽喳喳，巷子很窄，沿着高高的白灰墙一转，北后街就到了。

名为街，它的前半段更像大路后面的僻巷，改造过的路两旁都是居民楼，楼下很多店面，菜市场、肉铺、老人爱逛的卖廉价衣服的摊位依次排开，我正看不出有什么特别，咸鱼就骄傲地说，十几年前，这里可是附近这一带家庭主妇最爱逛的地方呢，来一趟，鱼肉蔬菜海鲜拎回家便办个酒席，顺带着毛线睡裤拖鞋马桶针头线脑一站购齐，街口一站，还能交流点坊间八卦。这里，像是附近老福州人的大客厅，站在路中，你看到的是福州人的福州。

然后咸鱼手一指，大声说：福州最奇葩的商店西湖百货商场到了！

我是如此期待逛逛这里，这个在福州本土网络上爆红的古早味百货商场，让人发出了"时光倒流三十年""八零后泪流满面"等等甜蜜又忧伤的感叹。真的跟网上写的一样，跟着咸鱼走进西湖百货商场，玻璃木架柜台，高高竖立的陈列货柜，柜台内的售货员或站或坐静候着顾客也像是在打发时间，可不正是八十年代的景象吗。纽扣、缝纫线、热水瓶木塞、瓜子钳、核桃夹、老式折叠小剪刀、蚊帐挂钩、缝衣用的顶针这些低廉的小物件；蛤蜊油、友谊牌护肤脂、百雀羚面霜、马牌润面油、蜂花檀香皂、杏花牌蚊帐这些听名字就让你热泪盈眶的老国货；还有现在基本已经绝迹的论尺量剪的松紧带和蕾丝边，拆零卖大抵只是三五角钱的买卖；你甚至可以嫌一整盒针太多用不上，只买粗细大小合适的两根，几分钱的生意在这里没人会给你白眼。

西湖百货商场建于1969年，原先叫做红湖百货，因在北大路附近，老福州人习惯称之为北大商场。旧时，除了买东西，这里还能照相、理发，店面也差不多有现在四个大。在新式商超的冲击下，它也曾进退维谷，濒临倒闭，现如今，却因这浓烈而特别的怀旧气息，寻出了新一片天空。

离开西湖百货商场，我好像变作了三十年前那个拿了妈妈给的几分钱买了奶油冰棍的小孩子，步子都有些蹦跳了。北后街向前延展着，渐渐和之前的景象有些不同了。

一堵高高的有年纪的白灰墙突然绵延开来，巷弄更窄了，却安静下来，一棵高大的香樟树刚换了新叶，那样描摹不出的温润的嫩绿正是一年中最好的颜色。地上有许多落叶，福州的树总把春天的路面打扮成秋天的样子，金黄色的落叶里有香樟树的也有路边院落里玉兰花的。

咸鱼说，他小时总在这里呼啸出没，这半条街的样子没什么改变。他踮起脚尖，想从高墙外看见他幼儿园里的滑梯，神情至少幼齿了二十岁。

岁月在巷子中倒回，如今在福州名气并不大甚而成为市井文化标签的北后街，其过往也曾钟鸣鼎食，墨韵飘香。据说，清末民初福州世家龚家多藏书，曾任云南、广东、湖南布政使的龚易图在光绪十二年（1886年）辞官归里后，修祖居三山旧馆于福州北后街,也即今西湖宾馆,园林之胜甲全城,并于园中建造藏书楼-大通楼,将先祖藏书及自己苦心搜求的古籍图书集藏于此楼,题额"五万卷藏书楣",与当时闽侯螺洲陈宝琛的沧趣楼,一南一北交相辉映,因有"南陈北龚"的美誉。大通楼藏书万卷,多善本,极为珍贵。而龚家一公子曾执藏书于水池中央亭子,看中意就留着,不中意就扔入池中,为北后街添了如许传奇般的雅致。

福州旧时有多种四大家族的说法,其中一说,晚清至民国初年,老福州城内有四大望族:廖、刘、萨、林。四家互有联姻,皆书香官宦之家。而其中,廖氏家族历代的科举功名、官阶、府邸、园林、山庄、钱庄规模之盛,均显赫一时。廖氏最早的始祖为黄帝的后裔叔安,他因佐舜有功,封地"飂国",以国名为姓。春秋时伯高将"飂"字去掉"风"加"广"字,成为"廖",这是廖姓的起源。传至南北朝后期,廖氏远祖11世三兄弟后裔有三郡衍派之分,福州廖氏即属武威廖氏支派。后廖氏为避安史之乱入闽宁化石壁,后裔几经迁徙入福州,至廖陆峰一代即定居于北后街。廖陆峰任福州盐署吏。他撰写一副对联:"应知积德能增福,斯信齐家在立身",即是家训,也作为福州家族子孙第5世至第11世名和字的世系排辈序表,北后街的世家风貌可窥一斑。

至近现代,北洋时期中国海军的两位总司令——蒋拯中将和杨树庄上将,辛亥革命烈士龚少甫也均出身于北后街,如许丰美的历史,即便现今北后街上的住户也所知不多了。

又转了个弯，拐出北后街居然就是三角井的路口。旧时，在这个T形路口有一口古井，井呈三眼式，故名。但我1997年定居福州，记忆中就没见过这口井了。

三角井正对华林路的是西湖宾馆的大门，我旧时住在湖前兰庭，每每天气好的时候，也爱开车从这个门穿过西宾沿湖滨路绕着西湖去上班，只为贪看一路上的景色。西湖宾馆院内又清幽、风景又雅，也曾有一度常去里面喝茶，春雨秋霜，点滴阶前，偶尔会止不住地想起这片园林昔日的主人，繁华一夕散尽的龚家那飘萍般的往事。

前面说过，北后街73号西湖宾馆的前世是龚家的三山旧馆。传说，龚氏的祖先是春秋时期的晋献公太子申生的后代，在被晋献公的宠姬陷害而死后，他的后代为避难世居江南，并以申生的谥号"恭君"为姓，也叫共氏。因避难，就在共字上加龙，成为龚姓。上文提及的龚易图这一族的先祖又由莆田迁入福州，世居南街通贤境巷和花巷。

从清朝初年的龚其裕开始，龚家一连四代都是清朝名宦，而祖居也从花巷搬到了北后街。据说，在北后街的龚氏祖居门口，曾高悬着光绪帝御赐的"循良第"匾。北后街的宅子即是龚家祖业，龚易图出生后却家道式微，因生计被典押。及至龚易图为官后，才又赎回。后来他归隐回乡后又将老宅大修了一回。老宅里本有个大池，龚易图便从城北的关闸引来活水，院子里的空地上遍植荔枝。园林至此才成规模。园子修好后，龚易图提名"三山旧馆"，意为不忘旧。因周遭环以绿树碧水，龚易图遂将池旁一屋称为环碧轩。此后，环碧轩也成了三山旧馆的代称。

据说，龚易图除修缮三山旧馆，还建了被称为西庄的双骖园、南庄的朱紫坊武陵别墅和东庄的芙蓉别岛，一时风华闻名，显赫一时。但龚家最风光的也就这一世，后来的龚家人承继了一脉书香，却也渐渐耗尽了钱财。抗战时，祖上传下的几万卷图书，也被日军洗劫一空。1952年，三山旧馆被政府征为"福建省政府招待所"，1953年又改称"省人委交际处"。几十年间，几经扩建改名而成为今日的西湖宾馆。

梁燕自双归，长条脉脉垂。一杯茶，在这曾经的三山旧馆里，春也一样是春，柳也一样是柳，却忍

钓鲈桥

不住轻轻念道，粉香看又别，空剩当时月。月也异当时，凄清照鬓丝。

　　离了三山旧馆的别绪，拐上北大路，才几步，过街，咸鱼拖着我走进了一个像是废弃的停车场的地方，我辨认了一下说，嗯，我在里面的一个会所吃过饭。他笑着说，你知道吗，那可是皮定均的旧宅啊。转个弯，他住过的楼果然就是我曾吃过饭的小楼。福州人更习惯称皮定均为皮司令，在福州坊间，有许多他的轶事，都是和蔼可亲的。我慢慢在楼前闲看，一座亭，一口池塘，再细看，发现一座好似残存的石桥，某个角度有些眼熟，拿出手机问度娘，赫然惊讶地发现，这里竟然就是半野轩。

　　上大学时，宿舍好友小智酷爱围棋，因他是福州人，心里顶崇拜的就是生在福州，只身赴日，仅凭个人之力，震古烁今、空前绝后战胜全日本最顶尖的七位超级棋士，十次大胜"十番棋"被誉为"昭和棋圣"的吴清源，从他口中，我亦知晓吴清源家世居的宅子叫半野轩，但十多年来，从未到过，不想，今日却在这样的时候偶遇，心里不仅热切切了起来。

院中的池塘还很大，塘边的古树繁茂得遮蔽大半个池塘，野趣十足。史载，这里古时称古北门下古埕，原为福州最早的寺庙——晋代绍因寺旧址。据考证，清初，萨氏入闽第九世祖萨容，入仕后，携家眷迁居于北门下古埕，将乾元寺旧址辟为别墅，沿用他在京师的寓所名，称"半野轩"。乾隆间，此园归吴氏，光绪年间，传至吴继篯扩为极盛大。清地方史志学家林枫《半野轩诗》说："越王山下宅，有轩曰半野。芳塘荫古槐，菡萏花千朵。水榭俯沧涟，帘隔清波泻。凉飔涤烦膺，微闻落叶下。"

古时园子周围四十余亩，中辟十余亩长方形广池，绕池建亭台楼阁，广植佳种花木，梅花夹道，仰观山石，俯听流泉，夏日莲开，春日桃红。长池有溪意，以钓鲈桥隔成大小两方池塘，行舟池中，如入桃花源。过池塘，有月洞，洞联曰："一碧未尽，万籁无声"。

　　吴清源1914年就出生在这半野轩，他在自传《中的精神》中写道："福州的官邸十分大，院子里古木参天，还有个不小的池塘，大到了可以泛舟的程度，到对岸有七八十米吧。除此之外，邸内还有别的池塘。"说的可不正是这里吗？半野轩直至民国时期仍如其旧，后废弛，至今只存池数亩，一座石构钓鲈桥，一座石柱五角亭，以及少许木构游廊，即半壁廊。现今，提起半野轩，已很少人知晓，甚而有远从异地赶来福州探寻吴清源故居的人，问遍街坊而不得，发出："福州不识吴清源，可惜！可惜！"的感叹。叹息在池塘的水面荡过几圈涟漪，远远的，不见了。

冶山
寂寞的流年

山上一个人都没有，
它也好像习惯了这落寞，
阳光在山上暗得有些早，
渐渐有些寒气起来了，
从门望进去，
庙内很空荡，
墙角立着一尊白瓷的佛像，
一抹斜阳的光束正巧落在身上，
那唇边的一抹笑，
竟像是轻轻漾开了。

九彩巷 —— 方声洞故居 —— 冶山路 —— 孝宝酱鸭 —— 欧冶池

—— 中山纪念堂 —— 冶山

九彩巷分内外九彩。

离了半野轩，沿北大路前行，在街边买了袋真空包装的红枣豆浆，一口入喉，就左转进了外九彩巷。

外九彩巷

一直喜欢这条巷名，很浪漫的样子。高墙窄道，绿荫如盖，走在三月的微风和暖阳里，遇到那家据说要提前好几天预定才有位子的味名坊，却没开门，又错过了招牌的地瓜鸡翅。心情却依然好，再一转，进了内九彩巷。咸鱼冲到高墙边，认真地说，你看，这是老墙啊！细看那墙，砌墙的土里还有石子、螺壳、碎瓷片，稻草，果然很有历史的样子，我记得朱紫坊一带老宅裸露的墙皮下也是如此，而那些老宅都有百多年的历史了，便也认真地点头说，嗯，是老墙啊！

巷子里静得好像能听见青草呼吸的声音，我们放

方声洞故居

轻了脚步，慢慢地来到方声洞故居的门前。

方声洞在黄花岗七十二烈士的名单中排名闽籍第一位，为人所知却不如林觉民。广州起义时，身中数弹，血流遍体而气不衰，弹尽力竭而死，黄兴亦赞他"以如花之年，勇于赴战"。林觉民故居已辟为纪念馆，妥为修缮，而内九彩巷的方声洞故居除门口立碑外，则稍显落寞。

站在门外，院门关着，我们踯躅良久，趴在门缝上看见虽杂物满院，收拾的却还整洁，各处角落层层叠叠植满花草，很宁静的样子。终于还是咸鱼挺身推门而进，偶尔传来福州话的交谈声，稍倾，咸鱼大声呼唤我们进门，我们才推开咯吱作响的大门进了院子。

绕开挤挤挨挨的各种物件，看见一进大屋，很高阔，一位老妇人坐在堂中的矮凳上，清明近了，老人正在折冥纸和元宝，头偶尔略略抬起和咸鱼用福州话寒暄。咸鱼忙着听和翻译，原来这座老宅始建于清咸丰年间，原为两座相连，前后数进的大院落。后因无人管理，原有的花厅、卧室、书房以及庭院内的假山、鱼池均拆除改建。我们所在的是存留的首进门头房，六扇大门，面阔三间，进深七柱，内设插屏门，天井左右披榭。老人也不是方家后裔，是和其他两家租住在这里的。在天井里坐了一下，老房子这样的季节坐在院子里晒太阳多舒服啊。旁边还有盆栽的梅花，那样小，却有着和方声洞一样的风骨。

和老人告别，出门，进钱塘巷，再过街，就到了冶山路。

"闽之有城，自冶城始"，算来，福州已经有两千两百多年的历史了。

史载："自无诸建国，都冶为城，是为冶城，设险守国，自汉始也"。福州建城，始自无诸。无诸为越王勾践后裔，汉高祖刘邦以无诸助刘灭项有功，于公元前202年封其为闽越王，建都于冶城。至唐开元十三年（725年），因"州西北有福山"，才始称"福州"，因此，冶城当为全闽第一城。冶城初建，规模不大。"无诸都冶，依山据垒，据将军山、欧冶池以为胜"，将军山即现今的冶山，冶城古时北至华林寺，南到湖东路，东抵商业厅，西接钱塘巷，这样的范围自然是小的。而此刻，我们就站在冶城旧址冶山路上，闭上眼，不去看那些寻常的街景，让声音和颜色褪尽，你站着的土地，两千两百多年前，就已经有人在这里欢笑、忧伤了。

孝宝酱鸭

怀古不伤今，我们毕竟是怀着一颗贪玩的心行走在福州城，所以，来到冶山路，咸鱼执意要带我们先去商业厅门口买些福州最古早味的孝宝酱鸭。很小的店面，摆满各种酱鸭翅、鸭掌、鸭胗、鸭肝，一律黑乎乎的，卖相并不出色，咸鱼却满心欢喜。孝宝是咸鱼从幼儿园开始吃的美味，现在这家应该是第二代传人在做了，特色是甜、酱、黑、入味，太福州了。因这甜字，很多外地朋友无法接受，且甜到后面会有一丝苦味，咸鱼说这奥秘恰在这苦上，店家选鸭必用本地产"半番鸭"，辅以蔗糖，所以食后有甘苦，正是用料好的表现。

店里清秀的小妹麻利地装了一大包，捧着孝宝酱鸭，我们去财政厅大院里探访欧冶池。

欧冶池是福建省内最古老的池塘，相传春秋时这里曾是欧冶子铸剑淬火的地方。欧冶子，在我年少时的梦里，简直是传说中的人物啊！中国古代铸剑鼻祖！龙泉宝剑创始人！春秋战国时，纵横天下，各路霸主敬之如神。我是何等缘分，可以行走在两千多年前他也曾行走过的地方啊！

古时欧冶池曾经盛极一时，环池一周达数里，池畔建有楔游堂、秉兰室、五龙堂、剑池院、欧冶亭等，宋朝时即为胜景，"游人仕女不绝"。宋黄裳诗："人随梦电几回见，剑逐云雷何处寻？惟有越山池尚在，夜来明月古犹今。"然而现今，出现在我面前的欧冶池，已经像是一处普通的街边公园了，一座亭，一方池塘，旧时风物只留下元泰定五年的一口石碑，上书"三皇庙五龙堂欧冶官地"。游人寥落，几个老人晒着太阳，当年的剑光敛了锋

欧冶池

芒，铁火化了温柔，心中不由一痛，奈何凋落至此啊。阳光满地，我发了会呆，突然想通了，以战止战！当年，欧冶子炉前铸剑，不正是想用名器辅佐明主，追寻人世间终极的和平吗！那我此时悠游于暖阳下，凭吊于古池前，不正合两千多年前欧冶子的梦吗！我又有何遗憾与忧伤呢！一念及此，我莫名地释然了，翻出孝宝酱鸭，坐在池畔，带着笑，啃起了鸭掌。

咸鱼一直围着池子跳上跳下的拍照，我指着一株横卧欧冶池上的古木问咸鱼，这树多少年了？咸鱼

答：也就四五百年吧。就四五百年！这回答多霸气！这才是生活在有两千多年历史古城里子民应有的气魄啊！我们相视大笑，起身向冶山的方向行去。

冶山因冶铸而得名，《三山纪略》记载"冶山者，冶铸之地"。因其多泉又名"泉山"；唐宋两朝的左卫、宣毅、广节诸营驻此附近，又称"将军山"；唐末五代，闽王王审知利用冶山南麓的唐代都督府作为衙署。宋末端宗改为垂拱殿，即位于此。这关于冶山的寥寥数语，每个字里都该藏着金戈铁马、斧声烛影吧。冶山本该得享大名，但正像福州史话所云："三山藏，三山现，三山看不见"，冶山就是那"三山藏"之一，而且藏得如此隐秘。

我们从财政厅大院的偏门出，进入中山大院，路过前身曾为明清贡院，后由"至公堂"改建而成的中山纪念堂，右转寻到一条极细小的上山道，远望，似是小山又不太像，及至近前，石阶宛然而上，古木蔽日，便真的确信，这儿真的是那藏起来的冶山了。

拾步上山。冶山虽小，但巨岩罗列，和整饬过的于山乌石山相较，这里的林木山石更少凿饰，一片洋洋野趣。沿路尽是摩崖石刻，年代久远的有"山阴亭"题刻，旁署"唐刺史裴次元建，昆陵刘博修，侯官张治国书，闽侯欧阳英重建"；还有"唐裴刺史球场故址"题刻。据《元和球场

观海亭题刻

山亭记》记载："冶山，今欧冶池山是也。唐元和八年（813年），刺史裴次元于其南辟球场"。据载，球场面积大约有现在两个足球场那么大，可容纳10万余人，颇为惊人，是我国已找到的第一个唐代球场。沿路还有北洋政府总统黎元洪的"洛社遗风"，民国海军总司令杨树庄的"剑胆琴心"，怀晋"邹鲁遗风振海滨"、马天翮的"一丘莫云小，昂头可天表"等等题刻，可谓雅集。

过镌着"独秀峰"三字藤蔓交覆的巨石，过一处石门，即转上冶山最高处。冶山原有泉山堂，纪晓岚任福建提学使时所题楹联"地迥不遮双眼阔，窗虚只许众峰窥"已不复在。"玩琴台"题刻之下，相传为闽越王鼓琴处。小小一座冶山，千古累叠，竟是有多少写起来都顿起敬慕的故事啊。

我绕着石刻"一曲"到"九曲"转了

观海亭遗址

一圈，想寻观海亭，因看史书上写，"观海亭"是唐刺

史裴次元时二十九景遗迹之一，冶山曾滨海，临亭可观海。心内好奇，城中如许小的山，怎样观海呢？然后，我站在一个圆台上举目四望，咸鱼突然大叫，你站的地方就是观海亭啊！原来，身在此处不识君啊。亭已不见，只存有清末民初陈衍所题的"观海亭"及"望京山"石刻。坡台上立两根方柱，是民国丙子春永定巨商胡文虎捐资重修又毁后所遗。时任福建省政府主席的林森在方柱上留有题识，载重修时之盛事。

山上一个人都没有，它也好像习惯了这落寞，阳光在山上暗得有些早，渐渐有些寒气起来了，我走过越壑桥，身边残破的老屋就是萨镇冰晚年所居的仁寿堂，从门缝望进去，屋内很空荡，墙角立着一尊白瓷的佛像，一抹斜阳的光束正巧落在身上，那唇边的一抹笑，竟像是轻轻漾开了。

仁寿堂 佛像

在福州十五年，认真行走烟台山，居然也是今年的事。

那几日，天气出奇的好，携澄了和猫熊潇潇，从马厂后街开始，行到公园路结束，常恍若身不在福州。烟台山，老使馆、旧洋楼。烟台山，正是福州被遗失的一段灵魂。

烟台山
福州被遗失的
一段灵魂

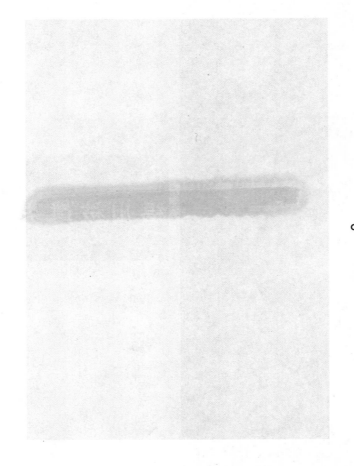

楼，马厂街11号——忠庐，墨绿色的门，窄的门槛上丛生着杂草，几竿修竹在大榕树的须根下轻摆。

忠庐的建设者名叫许世光，日本留学归来，跟随福州电力大佬刘永业、刘洪业做事，极得信任。许世光育有10个子女，大家族人多，遂建了忠庐。当时修建的水泥都是从日本进口。现在，房子前方右下角的基石上，依然能见"中华民国廿一年"的字样。现在守着忠庐的是许世光的长外孙应荣荣，应荣荣的母亲许引祺是许世光10个女中的老四。忠庐后花园里有3棵高达20米的芒果树，撑起遮天蔽日的绿荫，这芒果树就是应荣荣的母亲许引祺幼时所种，已历经八十余年风霜。上世纪70年代中期前，蒋介石和宋美龄的英文秘书吴淑贞亦在此居住了10年。

福州沦陷时，日本兵到忠庐抢劫，许引祺抱着一只大母鸡躲到四楼。许世光懂日语，与日本兵交涉，遂放弃了抢劫的念头。而当福州解放时，许世光把家里第一层全部打开，让解放军居住。应荣荣说，几年前还有当时到忠庐住过的解放军故地重游，向他询问外公的消息。

现在，忠庐也进入了寂静时光。但是不管怎样，从这座院落走出去的人都会记得它的存在。

拓庐

忠庐的对面是拓庐，和忠庐不同，这是一座红砖的南洋风格的二层小楼。随着脚步，你会先经过它的后门，下午静寂的时光里，你恍惚能看见穿着白色亚麻布衣衫，脑后一条黑漆大辫的女佣挎着竹篮里的菜蔬，轻快地下了石阶，一闪身没在木门后，只有木屐清脆的回响渐行渐远。

梦园

白色的墙蜿蜒向前，过了拓庐墨绿色的正门，下一个院落是梦园。先经过的是梦园的后门，唤作"梦园别径"。而要寻梦园的正门，就要左转入康山里了。

康山里，这个福建师大学生们最熟悉的巷子是个缓缓的下坡，若有微雨的天气，总让人忍不住幻想会有撑着油纸伞结着丁香气息的女生会与你擦肩，而梦园的正门就在这条窄窄的巷弄里，康山里13号。

梦园从建造形式和外观风格上看，应该属于欧洲古典时期建筑风格，并带有一些古希腊建筑特征。梦园里有梦梯，这种入口处室外的小楼梯设置及底部架空的做法，又类似于印度地区的殖民地建筑。梦园的主人是叶见元先生。叶先生是马来西亚婆罗洲华侨，基督徒。梦园当年形制极盛，人丁兴旺。透过眼前破败的门楣，思绪倒回几十年，正当壮年的叶见元先生容光焕发，领着家族中众人在梦梯上合影留念，院子里繁花似锦，透着浓浓的书香气息。

而梦园真正当得起在历史上书写一笔的是，叶先生当年曾追随孙中山参加过辛亥革命，并将梦园作为联络据点。站在康山里的小路上，闭上眼，耳边隐约响起拨浪鼓清脆的敲击声，声音愈发近了，眼前逐渐清晰，叶见元先生小货郎的装扮，挑着扁担，拿着拨浪鼓和你擦肩而过，近的能看见他脸上三月阳光里淡然的微笑，那是他在走街串巷联络情报。你迟疑着推开梦园的门，梦梯下逼仄的楼梯间

里，油印机在响着，印刷的进步刊物还来不及装订，散发着油墨的香气。忽而，门口传来人声，你掉头看过去，好像是有客人闪身进了门，叶先生握着他的手，沉着地唤道：逸仙！原来是孙中山先生来福州，承蒙叶先生招待就住在梦园……

如今的梦园已破败不堪，正如与它3米之隔，对门的康山里1号——爱庐。

唤作爱庐的，最出名的应该是上海东平路9号，曾是宋美龄与蒋介石结婚时陪嫁的爱庐。但福州的爱庐也形制颇大，三层红砖楼，在狭窄的小巷里颇为抢眼。院里有石榴一株、荔枝一株。

时间静止下来，在康山里，慢步，向前。每一个小角度的转折，都有一处历史静驻。从爱庐向前十余步，你就看见可园的大门了。

爱庐

可园

　　翻看史书，旧时的福建文风鼎盛，尤其明清时，是非常有文化的地方。现时，则市井杂谈皆为钱物，不复古风，好像这座城的历史风物只有好事人才去关心。但即便如此情势，若问及福州哪座老宅最负盛名，多半连路人都会答出"可园"两字！可见此宅名气之大，而这名气当然来自被胡适誉为"中国第一才女"的林徽因。

　　虽是大家早就烂熟了的故事，却也还要赘述几句。

　　林徽因家系福州望族，世居三坊七巷，《与妻书》作者林觉民便是她的堂叔。时至光绪己丑年(1889年)徽因祖父林孝恂考中进士，便举家迁出，林徽因此后生于杭州、游学欧美，定居北京，避难西南，终其一生。回到她真正的故乡福州却仅只一次，1928年8月到，9月离开，仅仅一个月的停留，林徽因便住在这康山里的可园。

　　站在可园门前，你可能会有少许失望，白灰的围墙不高，石质门框，无门，门楣上方有"可园"

两字，朴素至极。门右侧的白灰墙上装着四只电表，勉强诗意地想象有后现代风格，但实则无声地宣告现在的可园已经是寻常人家了。由门望入，满眼绿色，葱茏的树木掩映下，就看见了那座三层红砖洋楼。

可园建于民国初期，砖木结构，老房主叫钟景竹，曾是清末至民国时期盐务系

统的官员。现在看来，依然有不俗的风韵。现时的可园杂居着几户人家，你早已分不清哪间是林徽因居住的屋子了，你只能想象着，几十年前的某一个清晨，朝阳从树梢里透射出明媚的光，一只素手推开窗，刚刚新婚5个月的林徽因从窗里探出半个身子，着素雅的旗袍，和站在楼下的堂妹林新声挥手，相约去鼓岭看摩崖碑刻。但这亦只能是想象了。林徽因在福州一月，曾在乌石山第一中学作过《建筑与文学》的演讲，还在仓前山英华中学作过《园林建筑艺术》的演讲。只不知这位未曾在福州生活过却能讲得一口流利福州话的才女，有没有和学生们讨论过福州的鱼丸和肉茸呢？

可园里下午极安静，院子里搭建的各种小屋神奇地不让人有突兀之感。若怀着到此一游拍照留念的心思，你必极为失望，但我

们又何必如此呢？建筑之美历岁月而不朽，而人永远只是它的过客，美人自古如名将，不许人间见白头。在可园里驻足片刻，感受过历史与现实的交错，我们亦该都深深满足了。

出可园，以园就在眼前了。

"可以"两字拆分做园名，可园、以园，多读几次竟觉唇角噙香，如此风雅，真出乎我的意料了。

以园

以园原有产权人是梦园主人叶见元之弟，形制在当年也算壮观，只可惜庭园部分20世纪70年代被盖上了新式楼房，花树相映的景致被狭窄逼仄的大杂院景象替代，再无名字中的风雅了。只是有一处让我心生暖意，以园进门是加盖的一处小厨房，窗子却漆成了地中海的蓝色，这蓝色如此纯正，在一派破败的灰色中分外抢眼，或许这正是康山里这条巷子沉淀在骨子里的浪漫吧。

从以园出门向前，沿白灰墙转个弯，径末拐角处，落着一处咖啡小馆，招牌上写着Mr. Blue。蓝

色的门沿，两边白墙爬满了藤蔓。门边阳伞下，小桌边静默的散落着几张椅子。

走过那般老旧宅院，一眼看到这充满地中海气息的Mr. Blue，你不会觉得有半点突兀。它就像是老宅的一处别院。一直在这，等着你，走累了，自然地坐下。

老板是福州本地人，黑框眼镜，小胡子，穿着海魂衫，脸上挂着明媚的微笑，往来的客人都喊他东哥。你可以坐在门外，点一杯"随便"，老板会依你的气息，为你特调一杯有你味道的"随便"。有时，老板会从吧台边的蓝色小窗伸手到窗台下摘几片薄荷叶放入你的"随便"里，别有一番"blue"的味道。

Mr. Blue 咖啡

暖洋洋的风让你有些微热，坐在这里，禁不住会想，或许行走才是你热爱这座城市的最好方式。

小憩后起身，原路折返，走回到马厂后街的岔路口，别急着返程，踏上你错过的另一条小巷，几步路，你就会看见马厂街12号鼎庐、14号永安里、8号硕园、22号宜园、23号亦庐。这些老宅静静地在巷弄里且听风吟，看花开花落。这些宅子缘何会有这样的名字，深墙高院里又有过怎样的悲欢离合，我们已不知晓。如今的我们，只能静默地从它们身边走过，一如岁月里从它们身边走过的每一个人。

这条巷子，它们才是主人，我们，只是时间的过客。

走过你走的路，跟随已是幸福。

硕园

宜园

鼎庐

马厂街23号

永安里

在这里石转，
巷子愈发幽静，
午后的阳光透过
滚密的枝叶
打在斑驳的墙面和地上，
铺陈出千变万化的光影。

槐荫里5号 ── 仓山广播站 ── 原美国领事馆 ── 福建神学院 ── 鹤龄楼 ── 仓前天主堂

── 池后弄 ── 天安堂 ── 石厝教堂 ── 亭下路 ── 爱国路2号

走出马厂后街，右转就是对湖路。对湖路前行不过几分钟，就到了和麦园路的交界处。从此处望去，明朝时你的眼前所及，曾经遍地植梅，仓山古名藤山，所以诗中云：藤山南北万株梅，十里浮香璧月来。清初梅林毁于战火，乾隆年间垦荒种麦，故名麦园。当然，梅香雅韵，下一站我们到了梅坞顶生发这怀古之幽思，这一站，我们面向麦园路凭风而立，左手向上是槐荫里，右手向下是进步路，要去哪里呢？左手思想，右手咖啡，我们便依着直觉拐进槐荫里的小巷吧。

槐荫里5号

烟台山所有向下走的路，好像都比较温暖，而所有往山上行的路，都有种阴郁的气息。朋友曾经对我说，你不觉得，往上走的每个高墙后都像藏着一段聊斋。

槐荫里的巷弄弯曲向上，我们就邂逅了传奇的槐荫里5号了。

现在已是普通民居的槐荫里5号，据考证，旧时可能曾是英国领事公馆，即英国领事用以娱乐招待的场所。这座建筑为三层，院落长宽各30米，为西洋复古风格，院内古樟3株高达10多米，据推算应建于清末1890年以前。这处曾经的英国领事公馆，内部设有舞厅、餐厅、主卧、客房、地下室等，目前保存尚好。辛亥革命后，上海一商人从英国人手中购得此楼。

五口通商后，福州便在三坊七巷的文人传承外开启了另一条文化脉络，在这座有几千年历史的古城边，一座古称藤山的山顶上，地球另一端的洋人来了。蜿蜒的小巷里起了巍峨的洋楼，亮起了白炽灯，早起手杖触地的清脆声响盖过了鱼丸摊的叫卖声。夜晚，槐荫里5号的舞厅里乐声悠扬，欧洲美女的裙摆转出了曼陀罗的旖旎。这里变作了福州的城外城，变作了百年后我们痴迷寻访的旧时光的印记。

洋人们来了又走了，可传奇依旧继续。

20世纪40年代的某一天，槐荫里5号的门前站定了一位身着旗袍，气质优雅的美女，她的脸庞是那样熟悉，路边的人不禁惊呼：胡蝶！她转头，脸上露出了迷人的微笑。她就是电影皇后胡蝶，来福州时曾在槐荫里5号小住。而同样在此小住过的还有戴笠，据传，这是他来福州处理江秀清期间的住所。20世纪50年代，这座充满传奇的楼为福清籍华侨张珠治先生购得，现在张先生后裔依然居住于此。就在我今年探访它的3月的那个下午，已经破败的院子里传来了诵经和吹打声，院门上贴着"张府老人丧事"的白纸。这座楼，迎来了多少人，又送走了多少人，逝去的人已朽腐，独有槐荫里5号依旧静默着，在历史的年轮里充任着一个又一个可供辨识的坐标。

仓山广播站

槐荫里5号的隔壁是一栋三层的红砖洋楼，一棵高大的榕树横亘在大门之上，这座楼是槐荫里4号。1932年到1942年福州地区中共地下党的电台曾秘密设于此地，现在这里是仓山区广播站。

沿榕树遮蔽天日的小路继续向上，树木的光影流连着光阴的故事，绵雨连月，巷子里的墙剥落了，上面露出了"最高指示"的红漆标语，诉说着这里百年来岁月交替斑驳的历史。巷子中最引人注目的就是一棵高大得惊人的古老榕树，它的躯干横过了整条道路，遮天蔽日，须根密密麻麻，齐整地一排排垂落下来，好像在树干上晾晒了成百上千织布的麻线。这里一定留下了许多孩童幼年的回忆，或许他们现时已是身在海外的耄耋老人，但我相信，他们踏上故土，只要看见这棵古榕，童

年的回忆立刻就会活过来，那样的明晰与真切。

美国领事馆旧址

透过老榕树横过的院墙，你能看见一座古朴的大屋黙立园中，这就是民国时期的美国领事馆，白色外墙的砖木结构两层楼房。1854年，美国首任驻福州领事颐士格立到任，民国时期，修建了这两座洋楼，后来成了福建卫生学校的馆舍，现在，这里为省卫生厅卫生监督所使用。

一路行到顶，即至乐群路，左右皆有风景，但我依然建议先向左转。

几步路，你就看见一座三层红砖西式洋楼。这就是"文革"后中国第一所省级神学院"福建神学院"。1941年福州的美以美基督教会改称为卫理公会，总部即设于此。1988年，福建基督教"三自"爱国委员会和基督教协会在此基础上新建福建神学院教学及宿舍大楼。

再向前，是福州高级中学的校舍。当年的福州英华中学鹤龄楼就坐落于福州高级中学校园内，乐群路9号。建于清光绪七年(1881年)，为罗马旋门式砖木结构三层房。还记得吗？林徽因回福州曾在英华中学演讲，就是这里了。现在，鹤龄楼是福州高级中学的校舍。

仓前天主堂

　　福州高级中学斜对面，有一座三层砖木结构的楼房，虽破败却气度依然，门口挂着区消毒站的牌子，这就是仓前天主堂。

　　福州成为通商口岸后，外国传教士接踵而来。从1848年至1936年约80余年期间，这些教士租用民房，或利用旧式民房改建成教堂，保留原来建筑的外貌，但内部装饰西化，采用拱券、柱廊、线脚之类呈现其特有的造型和格调。而仓前天主堂正是民国初，由天主教北境代牧区向洋行购买一座3层砖木结构楼房，作为主教公，屋西南端建一座小教堂，即仓前天主堂。后亦为法国领事公馆租用作为领事官邸。

仁庐

福州高级中学院墙外，旧仓前天主堂对面有条小巷，池后弄。依山势，各种砖制、木质的房屋挨挨挤挤，铺排在下山的石阶山路两旁，仿佛已落魄，却没几步就能碰到命名为福庐、仁庐、馨庐、华庐这样雅致名字的红砖老房，让人遥想当年的家世不敢小觑。巷子不宽，路两边洗菜的阿姨大声用福州话聊着家

常，下两步，一位老人边削苹果，边用苹果皮喂身旁的大狗，路中鸡鸭悠闲地觅食，整条巷子里充满了老福州寻常人家的慵懒、淡然与从容。

出池后弄即是仓前路，右转前行几步，右手边一条长达88级的石阶直通山顶，仰望，十字架在逆光中肃穆庄严，仿佛遥不可及。那里就是天安里的天安堂了。

天安堂是美以美会在福州，也是在整个东亚建造的第二座教堂，与最早建成的茶亭街真神堂都是在咸丰六年（1856年）建造的，只比真神堂晚几个月，至今已经有150年的历史。我们现在看到的天安堂，是1996年教会自己拆毁百年老堂重建的，

天安堂

虽更高大巍峨却不复见岁月长河里沉淀的时间印记了。

　　沿着天安里，慢慢就又向上走回到乐群路的仓前天主堂了。

在这里右转，巷子愈发幽静，午后的阳光透过浓密的枝叶打在斑驳的墙面和地上，铺陈出千变万化的光影。日本摄影师荒木经惟有一本《走在东京》，他花了一年的时间散步在东京街巷之中，"眼中所见到的并不是风景，而是'光景'——光的景色。"烟台山这一刻让人感动的应该正是荒木经惟所说的光景吧。

迷醉在光景中，然后，你不经意地撞见乐群路22号，石厝教堂。

史载，石厝教堂建于清咸丰十年（1860年），由英国基督教圣公会创建，当时叫圣约翰教堂，也被称为国际教堂，俗称石厝教堂。教堂为石砌木构哥特式建筑，仅一层，外形高耸，房顶左右由单塔与双塔相连。全盛时期，单塔顶部砌有钟阁，内置有铜钟，石壁上有6扇窗户，顶端呈弧形尖突的几何图案。窗户镶嵌花式窗棂及五彩玻璃。堂门朝南，教堂内有可容纳百人的座位。外大门正中有一座纪念坊，纪念第一次世界大战由福州前往欧洲参战的阵亡英侨，堂内还有两座铜质纪念碑。

那时，教堂的西北面是鹤龄英华中学，西南面是传教士住宅，东南面是天主教女修道院。这条路上行走着教士与修女，宁静，平和。而现在，这些你都看不见了，荒废已久的教堂正在整修，规整了，但簇新的水泥色让人

石厝教堂

很是恍惚。而你的目光可能更愿意停驻在东西两边分立的两株很大的樟树和银杏树上，东墙上盘根长成的古榕，绿荫遮蔽了大半个教堂，墙壁的石缝已被根树胀裂，仿若尘封的吴哥窟。

石厝教堂最美的时候是每年12月份，因为教堂前的银杏树，把整个天空都映得金黄金黄的。教堂前满是落下的树叶，踩在上面沙沙响着。这条路常常10分钟都不会走过一个人，而你，一定很想坐在这发着呆。

追着光影，离开石厝教堂，转个弯，在亭下路与乐群路交界处，是盛兴洋服店旧址，现在已经是危楼了。再转个弯，就进入了爱国路，右手边一座大宅院扑入眼帘，爱国路2号。

院子的大铁门开着，门口右侧两间砖房，门亦敞开，黑黢黢的，木头大床，床上的被子未折，窗台上晒着几双洗过的球鞋，分明是一处普通的住家。可向院子里张望，极大极轩敞的院落，一座巍峨的石质大屋，拱形窗，虽已显破败，但那种岁月沉淀的厚重气息让你分明觉着它一定不是俗物，隐约还可窥见远处有石质楼梯通向下一平台。若你迟疑着不进去，以为那样是私闯民宅，那你可能就错过这一极具传奇色彩的老宅了。

有人说，仓山还有比爱国路2号身世更复杂的建筑吗？

这话确实没有夸张。爱国路2号是一幢具有古典主义风格的近代建筑。建筑一层有柱廊，现已封窗，立面有双柱装饰，檐下有牛腿支撑装饰，与仓山常见的由本地工匠营造的红砖叠涩做法有明显区别。爱国路2号在福州的近现代历史上频频出现，却都以不同的身份记录书写着历史。从清邮务司、怡和洋行到丹麦领事馆，再到曾一度沸沸扬扬引发讨论热潮的"仓山爱国路2号到底是不是清末时期美国驻福州领事馆？" 传奇般的爱国路2号的历史依然需要更多的资料来佐证，但我们不急。在我们眼

爱国路2号

中，它经历如许岁月的剥蚀依然真切地站立在我们面前，只要稍稍付出一点想象，我们甚至就能在时间的虚空里看得见檐廊下穿梭往来的历史了，这一切，已经值得我们幸福地叹息一声。

如今，爱国路2号寂静地躺在烟台山的小巷里，或许只有院内那直径米多的古樟树和绿荫蓬盖的古龙眼古荔枝树才见证了它人来人往物是人非的曲折历史吧。现在的院落里，顺石阶下去，已经加盖了新式的水泥楼，但连这水泥楼也已露出了老迈的样子。四处静寂无声，偶尔传来一两声老人的咳嗽，花草仿佛也寂寞地开着落着。沿石阶左转右折，上上下下，又回到了大门口，再看到那院口平房窗台上晒着的球鞋，你才惊觉，爱国路2号，于我们，是历史的寻访，于它，现在已是市井里最朴素的生活了。

走过爱国路2号向前，左手边依然是高墙古树，右手边却是一路低下去的棚户屋。层层檐瓦，错错落落，低矮破旧，但却让视线无阻，可以看得见远处江水的影子了。慢行几步，就有一条条破旧的石阶小路蜿蜒下去，不知所终，石阶上水流过青苔，下面隐约传来犬吠，偶一起意，下去探访，肥大的芭蕉树遮天蔽日，屋舍大都无人，巷陌如织，曲折难行，便放弃了。但心里隐约觉得，这就是仓山沿江棚户的一处古旧缩影吧，那绵密破败的房舍里，一定有过惊心动魄的爱情和长相厮守的传奇，一定有过泼辣的女子，也一定有过望穿秋水的枯灯……

收拾心绪，向上行到山顶已是私人宅院，所以在这里就可以返程了。第一次探访回程时，路上迎面行来一位女子，瘦削的身影，着黑色布鞋，手里捧着一本书，低头读着，走得很慢，擦肩时，分明看见那书是竖排的。我默默继续走，心里深信着，这样的女子或许就是这烟台山的魂灵，无论岁月摧毁了多少绚烂的过往，她和你都会是这巷陌里永恒行走的为后人珍存的岁月风景。

老迈的余温和青春的爱恋
在这里以一种
奇特的方式交织并存，
有神实兀的疏离感，
却又如此和谐。
正如生活本身，
出生与死亡，
繁盛与朽败，
在你不自觉之间，
静默地上演着。

乐群路——乐群楼——旧英国领事馆——崇圣庵巷——梅坞

——烟台山公园——仓山影剧院

我们又走回到乐群路了。

乐群路

乐群路，和很多城市的老建筑群游人如织的景象不同，在这里，最古老的巷弄中行走的却都是少年人。中午，赶着上学的高中生们着校服，年轻的笑声浸满了整条路，古巷也像充盈了青春的能量，渐次明亮起来。虽然在这些少年人的眼中，路两旁的不过是些连他们都不屑住的老房子罢了。

我的母校北京师范大学有很多以乐群命名的楼和食堂，但大学里的名字，取的是"敬业乐群"之意。而烟台山的乐群路，却是另一种风情的命名。它的由来源于我们即将要邂逅的这座楼，乐群路8号。

乐群楼

如果不是门口靠着石柱闲聊的老人莫测高深的一指，你不会相信眼前的这座乐群路8号便是最早的那个洋人俱乐部"乐群楼"！从外观上看，这是一座残破至极的旧屋，沉寂的死灰色，到处乱拉的电线，历年来涂抹的水泥漆颜色不均的贴补在墙体上，这个号称"中国

目前最早的西式娱乐建筑"早已盛名难副，衰老不堪。

　　乐群楼是一座两层砖木结构的西式建筑，始建于清咸丰四年（1854年），1859年落成，是福州最早的洋人俱乐部。建造资金由位于仓前山的各国领事馆集资，为各国领事及商人聚会娱乐的场所。乐群楼也称"万国俱乐部"，系由英文名称Foochow Club而来。由于内设弹子房游艺室，本地人也称其为"弹子房"。

　　乐群楼很受外侨的欢迎。在《Fukien，Arts and Industries》等外人书籍中，"Foochow Club"的名字常常被提到。20世纪50年代，在福州的外籍人士被驱逐出境后，乐群楼被辟为民宅，外廊均用砖封死，作为房间，外观严重破

损，唯有入口门楼尚可辨认。

　　时光倒回百年，这条路上起了洋楼，巍峨参天，平了道路，畅通八达，洋车碌碌，鬓香衣影，正谓群乐，乐群，或许因而得名吧。

乐群路隔壁即是大名鼎鼎的乐群路10号，当年是英国驻福州领事馆。

英国向福州派驻领事始于道光廿四年（1844年）福州开港之时，但在设置领事馆过程中受到本地居民的一致反对，无人肯租与房舍，几经周折才在官府的协调之下借住在乌山积翠寺厢房中。此后，英国领事一直为在城内设置领事馆而努力，但都没有成功。直到10年之后，英国领事放弃了这个努力，由地方政府指定在城外的天安山双江台开始建造领事馆。领事馆于咸丰四年（1854年）动工，咸丰九年（1859年）完工，耗时5年。

当年，英国领事馆为坐北朝南的白色欧式双层砖木结构楼房，上下两层各分四大开间布设，共计8间，周边均为通廊贯通，窗、门为长方拱形设置。办公楼西向建有一座正方形双层欧式白色住房为英国领事居住，沿坡建有英国式单层职工宿舍。但这一切，你现在都看不到了，这些建筑于上世纪80年代被拆除，在旧址上建起了省军区老干部宿舍"红军园"。很多人都曾在这座院落里穿行过，却大都以为这只是一处老干部的疗养院，那些年，这里一切的繁花胜景、历史风流都化作了前世今生的无语叹息。

乐群路8号和10号之间，有一条小巷向下伸展，那幽静绵长的气息，总让人感觉不在福州，这就是崇圣庵巷。福州民间有"九庵十一涧"之说，《福州地方志》记载，福州查其曰庵者有"复初庵，白龙庵，万寿庵、崇圣庵、一直庵、九福庵、龙津庵……"想必古早的崇圣庵就在这山间小巷里吧。巷里还有一条朱厝庵弄，里面亦有一处老宅，从房子形制上推测，这户人家也必有华丽繁盛的过去，

崇圣庵巷

但现在都已是荒烟蔓草间了。

回到乐群路继续向前，就到了梅坞的地界了。

梅坞，作为一个地名，泛指烟台山东坡的梅坞路、梅坞顶及梅峰里一带。旧载，梅坞一带明代盛栽梅花树，称为梅花坞，后简化为梅坞。《榕城考古略》载："自江南桥直南为藤山……山多梅花，开时郡人载酒出游，故亦曰梅坞。额曰'罗浮春色'。"从这里到程浦头，遍植梅树，香飘十里。明徐㶿在《藤山观梅》中写道："十里花为市，千家玉作林"，故有"琼花玉岛"之称，当时的人更将"梅岭冬晴"与"白马观潮""天宁晓钟""三桥渔火""太平松籁"等并称为"南台十景"，每年寒冬赏梅，一时蔚为风尚。只可惜，这胜似雪海

的梅林却在明末清初毁于战火，以至于山渐荒芜，杂草丛生。

这古时极雅致的地方现在只有烟台山公园独撑大局，从乐群路8号过来只要几步路，就是它的后门。

1965年，此处辟为烟台山公园，园内山石流泉，亭台水榭，十分雅致，曾号称福州四大

烟台山公园

恋爱圣地之一。但现今的烟台山公园，却人迹罕至，园内古木翳然，遮蔽天日，白天若有暖阳，尚能赏景怡情，晚上，则不免有阴森冷寂之感。园内有观梅亭，虽无明时十里梅林可赏，但尚可临风思古，但最应看的反而是古烟台遗址，因为，我们讲了这么久的烟台山何以得名，这遗址道出了缘由。

古烟台遗址

烟台山，顾名思义，是处有狼烟墩台之山，据《藤山志》载："自元末迄清初，中洲设有炮台、炮城，因于隔江藤峰绝顶，设立烟墩，以为报警之用"。而这烟墩旧址就在你眼前了。简单说，仓山古名藤山，藤山之顶古设烟墩，因而此处称烟台山，烟台山东坡古植梅林，因而称梅坞。我们就在梅坞后建的烟台山公园里行走，从后门至正门。烟台山公园的正门入口处，旧时是明真庵，入梅坞赏梅的人都会在此小憩，但此庵早已在历史的行程里被碾得烟消云散了。

出烟台山公园，一面被藤蔓覆盖的高墙陡然映入眼帘，这里面就是留下许多老福州人回忆的梅坞路2号仓山影剧院了。

那一天的午后，我步入了梅坞里2号，拾级而上，这里好像是个被时光遗忘在20世纪80年代的大杂院。仓山影剧院的大字有着香港录像片盛行时的招牌风格，楼好像经历过一场大火，有烟熏火燎劫后余生的沧桑。

我默然伫立，眼前的景物在时光中飞速倒退，退回到清同治年二年（1863年），荷兰国署理副领事欧文·布尔洛克到任福州，1889年动工，巍峨的大宅成了荷兰驻福州领事馆，在梅坞顶耀眼的伫立着。民国时期，梅坞路2号为太兴洋行使用。抗战时期，它倾圮了。

仓山影剧院

　　1955年11月，福州市茶叶界人士集资在这历尽沧桑的荷兰领事馆原址上兴建了福州仓山影剧院，并于次年2月开始营业。当年仓山影剧院有3层楼，观众厅座位977个。在那个年代，仓山影剧院是全福州最时髦的地方，人们三五成群结伴而来，熙熙攘攘，那真是这里最鼎盛的岁月。

仓山影剧院在很多老福

州的心里，还有另一重甜蜜的回忆，那些关于爱情的日子。20世纪七八十年代，坐落在仓山影剧院的烟山鹊桥成了福州爱情的代名词。这个福州乃至全国都最早出现的婚恋机构，和他的创办人刘含怀老人一起，成了那个时代最值得铭刻的标签。

2004年后，仓山影剧院由于经营不善、设施落后被关闭撤销，从那时起，它就像迟暮的美人日渐衰老。直到我探望它的那个午后，破败的檐廊下，三五个老人在打麻将，我这个外人的到来，他们只略略抬了抬眼皮，甚至没在我脸上聚焦就暗淡下去了。旁边小楼上，烟山鹊桥的两块牌匾还在。"这里是一座桥，带你通向彼岸，寻找你的另一半。这里是一扇窗，

烟山鹊桥

让你遇见一个，美妙的俊男靓女世界。"老迈的余温和青春的爱恋在这里以一种奇特的方式交织并存，有种突兀的疏离感，却又如此和谐。正如生活本身，出生与死亡，繁盛与朽败，在你不自觉之间，静默地上演着。

走进这里，
你或许能接通
连结老福州的精神血脉，
点一炷香，
默读伤悲，
出来后风轻云淡，
你亦真的像一个老福州了。

塔亭路——旧仓山警察局——旧国民政府中央银行福州分行——明道堂——沈绍安兰记
——汇丰银行福州分行旧址——独立厅——塔亭娘奶祖庙——广东会馆——万春巷8号

塔亭路

民国仓山警察局

出仓山影剧院，梅坞路横亘面前，顺路左转可到解放大桥、中洲岛，而跨过街，我们要去塔亭路。

塔亭路位于梅坞顶，旧时这里是下渡藤山的雁峰之顶，民国时期出版的《藤山志》载："塔亭，在延寿塔旁，为远行者休憩之所，今则亭废而名仍存"，亭旁的延寿塔，相传为唐末孝女陈三娘所造，民国十四年（1925年）因修筑上藤山而被拆移于路旁，"文革"时损毁。塔亭路不长，站在路口，左手是新建的高档住宅区，右手是青砖古建与木屋棚户错杂相处，街不宽，跨越，十步，已是百年。

塔亭路口的三层红砖洋房，是民国时的仓山警察局。民国六年（1917年）在这里设立福建省会警察亭仓山地区第五警察署，民国二十九年（1940年），改为警

国民政府中央银行福州分行

察分局。

　　警察局隔壁的老建筑是原来的国民政府中央银行福州分行。民国初期银行林立，1934年原中国银行最早设立在观音井，随后国民党中央银行入驻此地。仔细看，楼上还有"仓山糖烟酒"和"可口可乐厦门饮料厂"的老旧招牌，遥想20世纪七八十年代，这里依然有繁盛的商业气息。

明道堂

再向前，如果你不仔细留意下一栋建筑上的红色十字架标志，你一定会错过明道堂。明道堂是英国圣公会在福州建造的一座重要教堂。1866年与圣公会所办的塔亭医院同时建成。该堂的主体建筑为砖木结构，门厅3层，礼拜厅两层。如今的明道堂已破败，拱形窗棂上的玻璃都已残缺，沿街一层辟为店面，更像是很多街区里普通的一栋红砖楼了。

明道堂向前，你就会看见那座即使经历了岁月侵蚀，依然能遥想它当年肃穆的三层石质大楼了。高拱的门券下，斜阳里坐着一位老人，俯下身问这座楼有怎样的过往，老人回答，但福州口音却不大听得懂，他认真地在手上画着画，正凝神看，旁边修鞋摊的中年人大声说：这里是兰记啊！原来，这就是充满传奇色彩的沈绍安的后人沈幼兰开的兰记脱胎漆器店啊。

沈幼兰，原名正铎，福建侯官人。其五世祖沈绍安创建了脱胎漆器，世代相传。幼兰14岁时因家境贫寒，到堂兄沈正恂开办的"恂记"脱胎

沈绍安兰记

漆器店学艺，19岁出师，精通上色薄料，留在"恂记"当技工，很受正恂的器重。民国4年，幼兰离开"恂记"自行开业，沈家以幼兰庶出，不让他在城里开业，于是，他便在仓前山塔亭路开办"兰记"漆器店，利用五口通商后仓前山成为外国人聚居地的优势，同外国人开展营业。使"兰记"漆器名重当时，获奖无数，远播海外。

　　而塔亭路上的这座大屋，近百年来，缄默着，却忠实地记录了那些高墙深院里动人心魄的商战历史。

　　兰记对面，新建的高尚社区正年轻，铁栏杆圈起了现在都市最寻常的风景，但在这座小区内，有一座白色建筑，两层，从街上望去极为显眼，它就是仓山首家金融机构，福州第一家银行，汇丰银行福州分行旧址。

　　清同治三年（1864年），英商汇丰银行在香港创立，两年后(1866年)，在福州的塔亭路大顶岭设立了福州分理处，次年改为分行。这栋两层高的西洋式红楼也随之矗立在烟台山地势最高的这个山坡顶上，楼被称为了"汇丰楼"，楼旁的巷子被称为了"汇丰弄"。一层的厅堂供人们往来，二楼作为银行办公处。遥想当年，外国领事，各界名流均云集于此处，车水马龙，一掷千金。在热热闹闹了一个世纪后，1947年，银行变成了私立塔亭护士学校，随后的岁月，这里的繁华和那曾经的马

汇丰银行福州分行旧址

独立厅

厕、据传是福州第一家的网球场也就渐次在历史的洪流中消失殆尽了。

这座楼前两年被重新整修，入口设在梅坞路上，你若进去探望，会先经过它身旁的另一座双层小楼，正门门面为灰色砖墙，另三面则白墙黑顶，远望，倒也不十分显眼，但走进，你才会猛然发现，这里就是当年孙中山先生亲笔题圀的"独立厅"。

独立厅，原名"桥南公益社"，民国元年（1912年），清帝逊位。4月20日上午，孙中山先生辞职后途经福州，率随行人员40多人由仓山海关埕码头登岸，首先来到了桥南社，看望同盟会福建支部的同仁，并做讲话，继而为"桥南公益社"书写"独立厅"3个大字，后来制作成圀额悬挂，我们现在看到的圀额即是孙中山先生的笔迹。

环顾四周，新公寓、老房子，就这样平静地共存着。浮躁的年代，我们尽皆仰望，却很少俯身。漫街或许都是历史，都是福州之于别的城市完全不同，甚而应该让我们深感骄傲的这一切，身边匆忙的人群中，又有几人肯略停下来，与它相视片刻呢。

塔亭路行到尽头就是临水陈太后祖庙，俗称塔亭娘奶祖庙。是供奉临水陈夫人的祖庙。据《福州地方志》记载："福州话称母亲为娘奶，神以此名，乃尊之也"。娘奶名号颇多，其中最受人尊敬

塔亭娘奶祖庙

的是临水陈夫人。旧时光福州城区就有庙13所，以塔亭娘奶庙是临水陈夫人的娘家庙，也是福州地区修建最早的祭祀临水陈夫人的宫观之一，所以被称为"祖庙"。

据传，临水夫人曾授闾山道法，有镇妖驱邪之道术，而民间却以救产保胎为

陈夫人主要灵绩。《福州百科全书》以"娘奶诞"释明民间传统的民俗：每逢正月十五，妇女们都入娘奶宫进香，祈求平安，未生育的已婚妇女则要"请花"祈子，而据《福州地方志》记载"请花最盛的是塔亭娘奶庙"。

　　若你是北地人，可能会惊讶于福州人拜神的忙碌，街角路边，山上树下，各路神明，各色习俗，一丝都怠慢不得。但旁观不如融入，来到庙前，你不妨进去看看，这些遍布福州大街小巷的诸多神庙，曾安抚了一方百姓上千年的心灵。走进这里，你或许能接通联结着老福州的精神血脉，点一炷香，默读伤悲，出来后风轻云淡，你亦真的像一个老福州了。

塔亭路全景

出塔亭路，右转进中藤路，这是一条喧闹的街市。正对面一连排灰色青砖建筑，绵延开去，却不知有怎样的历史。前行几步，右手边有一条观音佛弄，窄而长，弄堂中有一间小庙，真的极小，面宽只有门口两个朱红色的焚香炉般大，走近，极小的空间里却又有大士殿和伽蓝殿两座供奉，这真是我见过的最小的观音庙了。

中藤路

弄堂里极阴凉，两边的房屋尽管简陋，却在每个搭建的木质阳台，每个台阶拐角，密密麻麻地种满了花草。隔街只几步，这里就安静得像是时间都走得慢了。几位老人闲坐着，脸上有平和的光辉，只这一刹那，我竟觉得庙里的观音大士仿佛微笑了一下，这一弄堂的清风与静谧，就这样深深刻在我的眼中了。

观音佛弄

出观音佛弄继续向前，过陈厝弄，下一条就是太平巷，左转进去行到六一南路路口，在仓山第二小学的校园内，有正在修葺的广东会馆。

广东会馆

据传，这所小学的前身叫做"广东小学"，由广东人创办。百多年前，一些广东人先后到福州的泛船浦一带开设茶行、货栈，为子女读书计，遂创办此间学校。广东会馆由广东茶商于清光绪二年（1876年）捐资筹建，20世纪30年代末重修。会馆坐南朝北，共3进，有前厅、天井、聚议厅、廊房，前殿为硬山顶，面阔3间，进深5间，布局对称严谨又错落有致，是福州现存较完整的近代会馆建筑，具有典型的岭南建筑风格。老照片显示，百年前，馆后有一棵大木棉树是福州木棉树之冠，现已不见了。

与太平巷隔中藤路斜对的，是万春巷，地势一路向上，我们就看到了万春巷8号，陈芷汀先生故居。

万春巷8号

万春巷8号从外观看就气势卓然，是建于民国初期的两层砖木结构西洋式民居。院墙里深锁着极大的庭园，里面树木葱茏，有高达10多米的核桃树、白玉兰树，高达8米的古荔枝、古桂花树，屋不能言，却自有一番淡定之气。这是仓山所有私属老洋房中保存最为完好的一栋，据说，屋内原有的家具什物一应俱全。原房主陈芷汀先生为民国期间著名的侨领、实业家，一生创办许多实业，又与许多政治派系多有渊源，在民国政坛极有影响力。又因与陈嘉庚先生为挚友，陈嘉庚每次来福州都入住这幢房子。后来，这里住着陈芷汀的两个女儿，据说终身未嫁。两姐妹经常会在家中弹一弹钢琴，两位都有90多岁高龄,大女儿近年刚刚离世了。我站在万春巷8号门前，思绪里一度觉得

四季

这样的院落只适合写在纸上，才一转眼，就见一个中年人吱呀一声打开木头门闪身进去了，片刻，院内响起了清扫落叶的沙沙声。隔着一座院墙，我们好像站在两个世界里，一个全凭想象，一个只是过惯了的寻常生活，我们之间在这个时空唯一的交集，就是夕阳下这一座万春巷8号。

　　站在街口，在自己的小本子上写写画画做着记录，旁边一个小学男生凑过头来端详半晌，抬头问:你，考古的？我大笑，我只是不经意闯进了一段历史，我不知它的从前，它不知我的以后，我们只在岁月的某个黄昏忽然撞见，对视，然后各自守着对方永远不曾知晓的秘密静静离开。

马世芳说：

有些东西照理说

应要遗址在那儿的，

却一夕之间通通消失了，

我们从此也只能

往老照片和老电影

的背景里找寻了。

公园西路━━白鸽楼━━十二间排━━聚和路━━德园宇园（异地重建）━━林森公馆

━━复园路━━西林小筑━━跑马场━━国民政府福建财政厅长官邸━━庸庐

十年前，我还有任性的孩子气，突然觉得生活如此无趣，就在那年的秋天，独自一人去鼓浪屿上住了8个月。每天早上穿过鼓声洞沿着海滩跑步，到笔山洞口买水果和卤鸡爪，中午在别墅前的海边吃清蒸鱼和辣椒炒田螺，晚上在艺校后门就着烤秋刀鱼和豆腐干赏月。关于那段时光的回忆，随着后来工作的繁忙已渐渐模糊，直到那一天，我走在烟台山公园路一带的树荫里，所有那些关于鼓浪屿的记忆又活过来了，因为，它们骨子里的气息是如此相像。

散落在公园路、公园东路、公园西路的老洋房，尽比福州城任何一处都多，都美丽。在高大的樟树、古榕、木棉的阴影里静默自处，历尽繁华转而平淡。而我们就挑一个春日的午后，静悄悄地来，和它们一起，看柳树发芽，看玉兰开花。

出万春巷，正对面是原闽海关宿舍，左转，沿立新路前行，就到了公园西路。路口一座大楼，很是巍峨，这就是白鸽楼。白鸽楼的样子更像我在北京读大学时，校园里那些20世纪50年代盖起的礼堂，传统歇山式屋顶，却开有采光的老虎窗；钢筋混凝土结构，却模仿木构建筑。这种民族主义复兴的中式风格在北方常见，在福州却留存不多。

白鸽楼

白鸽楼前身为塔亭医院附属护士学校，1949年后，白鸽楼转为供销社大楼，又转为市二医院高级医师及管理人员宿舍，使用至今。抬首望天，白鸽楼的特色脊兽——白鸽在飞檐上歇脚，好像随时都会振翅远行。高大的楼梯，阔敞的院落，乘凉的老者，这座楼一年四季都适合成为明信片上的一帧定格。

十二间排

白鸽楼旁有一排低矮的老厝，虽有两层，但却感觉像佝偻的老人般，平静度过暮年。一整排开间很多，数了数，有十间之多，沿街铺开，门前多是老人坐在树荫下晒太阳闲聊，上前去问，原来这里就是十二间排。

十二间排又称陶园十二间排，是一处殖民地柱廊式风格的公寓式住宅。门前的老人们说，以前有12间，

现在只有10间了。坊间流传，是修建白鸽楼传达室的时候拆掉了两间。老人对我们问东问西丝毫不觉诧异，他们说，以前十二间排住过一个牧师，后来，去了台湾，在台湾做善事很有名气，因此，经常有台湾游客专程来这里寻牧师的旧居，来来往往，老人们也都习惯了。事实上，民国十二年（1923年）后，福州的基督徒租用这里聚会布道，十二间排一度被称为称"基督徒会堂"，此处亦是中国第一个地方教会——福州教会的第一个会所。

下午，风刚刚好，房前的树木间漏下许多阳光，每间屋前都花木繁盛，边上一眼古井，水依然清冽。眯着眼正文艺着，老人又开口说，你们老来参观，这房子也拆迁不了，一下雨就漏水。我忽地醒过来，看着衰迈的老人，他们几十年都蜗居于此，我们这些偶尔路过把这儿当风景的人，又有几个体会过老宅人家的不便呢。这样一想，心里毕竟生了惭愧，讪讪地走开了。

公园西路行到底就是聚和路，虽名为路，宽窄却只有一条巷的大小。高墙里探出一棵大木棉树，映得天愈发的蓝。大叶榕在这个季节正在换叶，春天的小路上就这样落满了极像秋天的黄叶。行到底以为路已至尽头，左转却又柳暗花明，一条更悠长的巷子伸下山坡。墙头炮仗花开得更热闹，白灰墙上岁月瘢痕，渐次矮下去，这气息竟和鼓浪屿别无二致。路过一棵上百条须根缠绕的骑墙榕和一座小小的程埔田元帅庙后，一座幼儿园栅栏里围着的半新不旧的洋楼扑入眼帘。没有任何提示，这里就是异地重建的德园、宇园。

聚和路

旧时的德园位于聚和路15号，是一座两层红砖西式洋楼，带有外廊，具有典型的殖民地建筑风格。清同治三年（1864年），德国在福州设领事馆，德园距德国领事馆极近，是领事馆附属的领事官邸，"德园"之名也因此而来。

2006年，仓山区程埔头旧屋区改造，德园和隔聚和路相望的宇园拆迁，在福州引发了仓山老别墅拆与留的大争议，福建师大教授王鸿甚至在德园旁的废墟上举办了《"镜像东西"之告别福州》摄影展，以示态度与告别之意。2007年11月，德园和宇园最终被拆除。福建省建筑科学研究院对两座建筑进行了测绘，在我们面前的地方进行了重建。

　　仅两三百米长的聚和路原本有梅鹤山馆、积雪山馆、松庐、涤园、宇园、德园等洋楼，现在已全部不见。马世芳说："有些东西照理说概要遗址在那儿的，却一夕之间通通消失了。"聚和路上的曾经，我们从此也只能往老照片和老电影的背景里找寻了。

　　聚和路尽头，我们踏上了复园路。右转就是正在修茸的林森公馆。

　　林森公馆的门牌号是七星巷2号，但七星巷早已荡然无存。公馆呈"T"字形，是座中西合璧的三层洋楼，虽在重修，但凛然的气势还是让人心生敬仰。我正张望，路过的一位老人停下来，顺着我的眼光看过去，像是对我又像是喃喃自语地说：林大人当了12年

林森公馆

国民政府主席，他可是我们福州历史上最大的官呀！

　　林森，原名林天波,字子超，号长仁，自号青芝老人，闽候县人。1881年入福州鹤岭英华书院， 1905年加入中国同盟会，1914年在东京加入中华革命党。1932年起接替蒋

中正担任国民政府主席一职。这座房子虽然叫做林森公馆，却非林森本人修建，林森极清廉，经常身着黑色或蓝色大衣长袍，戴灰绒呢帽或黑色礼帽。一年四季，无论寒暑，都是一身布衣，只有厚薄之分，没有时常变化。林森虽居高位，仍很清贫，因此，当时的建设部长才专门为他建了这座公馆，供林森回福州时在此小住。因林森早年丧妻，并无子女，房子就由他三弟一家在此长住了。

现在林森公馆正在整修，那天下午，工人在忙碌着，院墙外的空地上供着一排三枝巨大的高香。有些人，走了，但注定会留下传奇。

3月午后，我被复园路上斑驳的光影迷住了，那些透过枝叶投射在地上的形状各异的光，随着风掠过枝叶角度的转变，颤动着，一路铺满，向前延伸，让复园路呈现了一种迷离而寂寞的味道。还没到蝉鸣的季节，只有树和稀少的行人，电动车上挂着绿色邮包的女邮递员，肤色白皙，平稳地从身边掠过。情不自禁地在微博上描述了这宁静的感受，@米妈李太王先生即时回复："还有这个，恨呀！窄得，上下学天天堵！下车跑路跑得人生惨淡咯……还是适合寻梦的人哪！"这才惊觉，我是在周末走进这里的，我就是那个寻梦的人吗？失笑，所谓寻梦或许不过就是闯进别人寻常的生活然后幻想出自己想要的感慨罢了。

复园路

沿复园路行走，路不长，先看到的是一段围墙后的两栋洋楼，门头写着"复园新村"的字样。然后是颖庐,颖庐旁的小巷进去就是脩庐了。脩庐是一座联排别墅式公寓，3层红砖。脩庐是冰心堂哥谢卫霖的房产，"脩"通"修"，意为遥远、美好之意。相传，清末帝师陈宝琛侄子陈博鲜也在此居住

过。不止帝师之后，这里还住过国民政府主席的孙子。原来，曾任上海金城银行、香港金城银行经理、华侨大学校董、福州十邑同乡会名誉会长等职的陈伯流先生，有位义姐陈银岩，嫁给国民政府主席林森的嗣子林京，林京原是林森三弟林为桢之子，后过继于林森，林京有一子林涛，原居于七星巷林森公馆。2006年前后，七星巷在程埔头改造中被夷为平地，林涛一家迁至脩庐居住。

　　向前，是民国时期曾在山西、云南任邮政署长的黄省三先生的颖庐，与颖庐相邻，是曾为福清籍俞氏印尼侨属李明月所有的清河庐。两栋大屋之间，有小小一进巷弄，望进去，墙上轰轰烈烈开满了炮仗花，给老树古屋添了不少生机，行人至此，都略略驻足，眼波温柔了一下，于是，午后的复园路便那样旖旎起来。

　　过了复园路路口破败的双层白色老洋楼——公园路6号，右转，有一间小小的寿司店，不设堂食，只售外卖，极干净。进门，出门，手里便多了一盒握寿司，舒服地叹口气，我们继续老仓山的寻城记。

　　我们现在站的地方是个不规则的十字路口，复园路、公园路、公园东路在一座老房子面前交汇，西林小筑。

颖庐

我曾经写过一篇文章，想象着自己有座有天有地有大树的房子，养着一条不掉毛的懒狗，红砖，白色的南洋百叶窗，推开窗伸手就能摘香椿树的嫩芽，天上的云很胖，空气里有甜甜的青草香……那时我就在想，这座房子应该有个雅致的名字，却一直拿不定主意叫什么，直到看见西林小筑四个字，我才深深觉得，原来我最中意的四个字，前人早已用过了。

而西林小筑的样貌确实也没辜负这四个字的风韵才情。从它现在所属的福州电器厂的铁门进入，文艺复兴式的双层红砖洋房就映入眼帘，葱茏的大树掩映下，它孤独而优雅地站着，安妮女王风格的人字形山花比别处更显庄严。1920年前后，西林小筑曾是福建督军李厚基的别墅，而现在已成为工厂的办公楼。大叶榕飘落的季节，一时四下静寂，黄色的落叶盖满了阶前的芳草，一个年轻人飞

西林小筑

奔着跑上楼梯，身影没进了拱形的大门，他可曾站在我的位置默默地端详过这美丽的老洋楼吗？岁月荏苒，英雄化枯骨，美人留芳魂，岁月的路边，西林小筑藏起了它所有的秘密，每天只听时光流过的声响。

出西林小筑，右手边到底是公园路1号，福州人民体育场。这里旧时称跑马

场。时至今日，我身边的人还会说去跑马场打球，可见这里的历史演替很多人都知道。福州五口通商后，欧美各国的传教士、商人、外交使节等纷纷留居仓前山，洋人爱赛马，于是，由英国领事领头向清政府租借地皮建跑马场。在清光绪初年，清政府征民田350余亩让租，年收租银1000两，辟为洋人专用的"跑马场"。禁止中国人出入。 然后，就是那个流传甚广的故事。有一次，英领事函请镇闽将军崇善观礼，并盛宴招待。崇善受宠若惊，醉醺醺地说："今后地租可不必再纳了。"自此"跑马场"被无偿而占。民国三十一年（1942年）元旦，福州各界人士联合强烈要求收回主权，成立"国际联欢社"，负责管理跑马场。翌年，跑马场被改建为"林森公园"，公园外的这条路亦被称为"公园路"了。

我们先不去公园路，从西林小筑正对面的小巷我们进入公园东路。

公园东路听起来像条大路，实则还不如叫巷的某些路宽敞。街边是老旧的房屋和最市井的小店铺。一进街的左手边是旧时政府福建财政厅长官邸，如今在第二电器厂内，厂门进去，就在左手边，外观尚可。向前，到底是个大杂院，顺

庸庐

路左转，弯过来就是一座红砖洋房，院门上方有剥落的"庸庐"两字，楼高3层，底层有拱廊。庸庐大门正对面的院落墙上，有一株极大的老榕，根须包裹着院墙，造出斑驳的岁月沧桑。

再向前，窄的弄堂豁然开朗，笔直地向前伸出去，右手边有一整排无名的西洋民居。从这一侧看来，没有院落，应该是房子的背面，形制却看得出当年极盛大，连绵的长度甚至超过了陶园十二间排，却无人能说出它的来历。

这八间排的起始两端有拱形门头，认真看还能看出被削掉的拱形遗痕。墙面、窗格上满是青苔和荒草，甚至从某个缝隙里竟然长出斜敧的一整棵小树。身边路过的学生都已司空见惯，有两个恍似迷路闯进来的女生却大叫好美，忙不迭地在房子前面拍照。

我悄悄寻路绕到房子后面，已经是大杂院的格局，看不出昔日光彩了。各种搭建，曲曲折折，散发着霉败的气味。从一两扇残旧的雕花窗望进去，还能看见积满厚厚灰尘的木制楼梯和地板，却蚁蛀鼠嗑，早成了聊斋里的阴森场景了。

回到公园东路上，暖暖的阳光隔开了刚才的一切，高大的树木衬得天又静又蓝，前面的路口左转，我们就进了积兴里，我心目中福州最美的小巷。

无名的西洋民居

渐行渐远……

百多年前老仓山的小巷弄里，

身影没在

掂着时光，

着黑色的软布鞋，

扎起粗黑的麻花辫子，

换上了当年的素布长衫，

我好像看见她们

恍惚间，

夕阳有些暗了，

积兴里 ——→ 龙楼别墅 ——→ 积兴里7-8号 ——→ 整庐 ——→ 端庐 ——→ 无逸山庄 ——→ 陶园大院

——→ 三一弄 ——→ 俄国领事官邸 ——→ 竹园 ——→ 筠圃 ——→ 福泰和汇兑庄

积兴里极悠长，每每以为行到尽头，略一转，又一重风景扑入眼帘。巷子极窄，却异常幽静，不像别的弄堂，老房子和现代棚屋杂错相邻。积兴里，从一踏入，你的眼前就是连绵不断的红砖洋楼，高大的木棉树，横过窄巷遮出大块阴凉的三角梅，电线上栖息的小鸟，栅栏里关不住的白玉兰。行人少到你只能听到自己的脚步声，即便有些败落，那些美极了的老宅门口，依然让你驻足不前。

从公园东路进积兴里，第一栋是龙楼别墅，红砖，两层。门头很气派，做成三扇折屏的样式，门楣上的楼名已被白灰涂掉。整座楼很高敞的样子，红砖外墙旧得恰到好处，不张扬了，像天的方向望去，沿街屋顶外侧做了装饰的女儿墙，上面拼出了好看的花

样子。龙楼别墅的主人姓薛，楼大概建于1935年前后，而其余的故事就不大知晓了。

和龙楼别墅看似连成一体的，是积兴里7-8号。是建于民国时期的西洋风格民居，旧时是印尼华侨黄澄渊的产业。一样的红砖两层洋楼，外面看，当年的气魄依旧很惊人，绵延

龙楼别墅

很长，高大结实，拱形大窗和屋顶的女儿墙透露着虽然逝去却依旧能遥想的华贵。门头很简朴，望进去，是积兴里难得的热闹场景。里面散住了很多户居民，一个小伙子推车正要出门，车上写着"正宗北海道寿司"的字样。一位老人站在院中向我们招手，"老房子，来拍照的？随便拍，我告诉你怎么

积兴里7-8号

拍好看，我就是没你这个机器，要不我拍也好看！"老人很爽朗，院子里的媳妇在摘菜，小朋友满头大汗地跑闹着，发出大声的尖叫，划破一院的古朴与静寂。我走到后院，房子收拾得很整洁，大屋里的木楼梯年久有些发黑，伸向二楼，楼梯下的角落，一位老奶奶认真地吃着一盘青菜。这景象正是公园路一带大部分老宅的写照，洋楼和最市井的生活，繁复的雕花和纵横交错的电线，时光那头的优雅和时光这头的杂乱如此自然的交织，美丽的门楣下即使堆得再杂乱，也有种特别的味道，让人着迷。

再向前，有时一座大宅，可查的资料均称此楼为孙庐，但本书的影像作者池志海于2011年12月采访了现在的户主魏珠英女士，不仅得知此楼的真正名称是整庐，更获知了关于它前世今生的故事。

　　魏珠英女士是整庐原房主魏进相先生的女儿，魏进相先生，福清东瀚人，为木匠。其叔好赌，并来求魏进相卖地，魏进相故而出走，与同乡赴日本打拼，做买卖，并娶日本人为妻。而后携家回国盖整庐，为积兴里附近最早的西式洋楼，建于1933年，整庐院内可以找到的砖头上烧制着"民国二十二年造"字样。

　　抗日战争爆发，他为避难而用日本名魏新昌，日军若前来盘问，他与妻子即到门口表明日本身份，故未受影响。因整庐有地下防空洞，日军飞机轰炸时附近居民会来此避难，当时防空洞宽敞整洁。而后抗战胜利，一翁姓国民党背景人物于该房

整庐

西侧建房，堵住其正门，两家争执，最终约定逢婚、丧事开门可过，其余时间均不得过。该门于"文革"期间被用砖块堵上，门板卸下仍存。后来，魏家另花300大洋买路，修建了后门，也即现在整庐的门头。国共内战后，翁家驾飞机炸了王庄机场，并逃到台湾，原房被没收充公，后代在高雄。魏进相的妻子也到了台湾，魏本人则终老于此。整庐于1949年后历经改造，其西侧曾出租，后因魏家日本华侨、归侨身份最终落实产权，旧契归政府，重新换发新契。

如此长的故事像极了电影，走进小小的短巷，立于整庐后门之前，高大门头上美丽的砖雕花样繁复，依旧像当年楼房刚起时的样子，整庐的匾额"文革"时就被白灰封住了，也封住了它过往那些惊心动魄婉转缠绵的传奇。

整庐院子里还有一口古井，旧传原有六口仅余其一，和陶园十二间排的井水一样，依旧清冽。主屋格局对称，很肃穆的样子，里面有木制的楼梯，踩上去咯吱咯吱地响，像几十年前传来的回声。外面的露台直通花园，很大，还有一眼小小的池塘和大水缸，低到地面漫上青草的石磨，拿来储水的石质浴缸。这一切都藏在积兴里悠长巷弄里一扇铁栅栏的后面，那样的不真实，我定地站着，努力告诉自己，我真切地看到了，看到了石缝间的小草，看到了院子里寂寞开着的野花，或许这一生我只能看到它们一次，当我退出去后，门合起来，我只能在记忆里一遍一遍地回想它们的样子。

再向前，积兴里向左转了个弯，一面是斑驳的白墙，上面用黑漆喷着大大的"拆"字，沾了这字的霉气，墙头黑瓦上的草都没了精神。前行，再向右手边一折，积兴里延伸的巷弄愈发窄了，倒

显得两了边的树更高，隐隐有些冷肃的感觉。路边
先是一个小小的砖砌门楼，很简陋，看进去，有座
大屋，不得其名，院子里一棵大树倒茂盛。换叶的
春天，一位老人哗啦哗啦地扫着，声响映得巷子更
静。再向前，我们看见了端庐。

　　积兴里的房子大都没有显赫的身世，或者那繁
盛早已湮灭于历史。端庐即是如此，规模盛大，院
落深深，却不知其出处。行至此，我们不问它前
世的坎坷，只念它今世的朴素。这一段小巷有着一
堵仓山最美的高墙，向前弯出优雅的弧度，墙面的

红砖老旧得有种内敛的酡红，渗出温暖平和的
气息，墙面上藤蔓缠绕，并不狰狞，细细的，
软软的，像是浮在上面和墙说着我们听不见的
情话。傍晚时分的阳光，在墙面和地上印出透
明的鹅黄色的花样，低头看时，路面嵌着小小
的彩色的石子，还有自己的影子，像教堂里彩
色玻璃上的拼贴画，忍不住，像纳西索斯一样
爱上了自己倒影，在积兴里悠长小巷里的那个
黄昏。

　　出了积兴里，迎面一个四岔路口，陡然得

三一弄

　　闻人声了，路中一棵枝叶虬张的古榕，地标似的立在路中，树下常年支着一个摊子，在微博上很是知名，大锅里炒着花生，炸着蛎饼，那天临近清明，摊上还有刚做好的清明粿。我对阿姨说，你的摊子在网上好知名，她有些懵懵懂懂，却细心地帮我们打包，忍不住咬开一块清明粿，萝卜丝馅儿，道地的福州味，很香甜。站在大榕树下，背后是积兴里，对面是象山里，右转是巷下路，里面有融庐、吉庐和兴庐，我们左转，进了三一弄。

　　三一弄左侧高墙内是福州外国语学校的校园，它的前身1900年即已创办，是由基督教中华圣公会创办的"广学书院"和"榕南两等小学堂"及英国传教士万拔文创办的"圣·马可书院"三校合并，始称"三一学校"，意基督教的"三位一体"之意，或许正因如此，这条巷弄才被唤作三一弄吧。

　　三一弄里最出名的建筑就是无逸山庄了。第一次听闻这个名字，脑中浮现的是金庸古龙小说中的武林世家，以无敌剑术闻名江湖的那种，可见这联想是我的蠢笨了。"无逸"两字出自《尚书》，"君子所其无逸，知稼穑之艰难"，即不贪图安逸之意。

无逸山庄

无逸山庄也是老仓山常见的红砖建筑，位于巷子拐角处，两面临街，占地却像是更大的样子，我围着它兜兜转转，看着它门楣上"无逸山庄"四个石刻的圆润饱满的大字发呆，身后猛然响起了自行车丁零零的声音，连忙让路，却看见一个中年人推着车开了山庄的门径直进去了，我终究是忍不住，趁他没关门，溜了进来，那人倒也不介意，锁好车，请我们随便看。

房子当年一定很精美，拱形砖雕的门廊，蓝漆的百叶窗，多角形的小楼，楼顶砖砌的檐角，重重叠叠错落的屋宇当年一定很恢宏，现在却荒烟蔓草，石阶上、庭院里摆满了杂物，树木花草也生长的很野，乏人打理的样子，要不是二楼的阳台上晒着衣物，几乎以为这里已经废弃许久了。院子里站着的男人就住在这里，问他，只说是老房子，曾经做过仓山小学的校舍，以前好像是城工部福州市委的活动据点，其他的就也不甚清楚了。

与无逸山庄连绵成片的是再向前的庚庐、绍庐以及巷口原福州邮政总长官邸的公园路43号。在三一弄里看过去，这几座洋楼浑然一体，一色的两层或三层红砖楼房，院墙皆为白色加盖灰色瓦顶，墙面早已斑驳，层层的青苔，刻着时光的印痕。据传这几栋大宅旧时均为原福州邮政总长黄瑞华所有，可以想见当年繁盛时的排场与气度。站在路口，回望三一弄层叠的洋楼，突然觉得或许它们比当年簇新时更有味道，时光在美人脸上刻下了皱纹，也刻下了那谁也模仿不来的优雅与沉静。

公 园 路

出了三一弄，我们终于来到了公园路上。

相比我之前描述过的路线，在公园路上流连过并形诸文字的就很多了，网友烟雨三山曾这样写道："如果不是2路公交车在这里穿梭终日，公园路几乎可以用'结庐在人境，而无车马喧'的美好诗句来形容。百八十年历史的数十栋老洋楼多数不过两三层高，隔以或红或灰的长长的砖砌围墙。围墙外，一列高大的香樟，绿阴如盖。而老福州人意犹未尽地抱怨说，这里这里这里，若干若干年前，单单两人合抱的大榕树，都有二三十棵。"在很多福州人的记忆中，来公园路走走，是一种触摸老福州的温情回忆。

三一弄正对的公园路上，曾经是规模宏大的陶园大院，有"仓山最美的建筑群"之美称。陶园大院建于1917年，建筑类似石库门，福州地方特色的风火墙，木阳台结合石库门建筑，构成了老仓山最美的联排建筑。建成后，现在的公园路一带亦被民间呼为"陶园街"，陶园街与现在立新路交接的三岔路口，有大榕树覆阴于道心，老福州人称它为"仓前山树兜"。陶园大院在2005年公园路的"改造"中被拆除，原址建起了我们现在看到的高层住宅。

同样被拆掉的还有与陶园大院毗邻的比利时驻福州领事馆。从旧照片上看，那是一座文艺复兴式形态优美的两层洋楼。一层有柱廊，中央开间圆拱窗，两侧是六角楼尖拱窗。2005年，它被拆除了，随之湮灭的还有那百多年的历史。

庆幸的是，与它对街的俄国领事官邸还存留着，现在位于福州外国语学校的校内，

俄国领事馆旧址

思万楼

是一座带有朴素东欧民居风格的建筑。清同治四年九月（1865年10月）俄国首任副领事德理到任，于次年在今公园路39号建造了领事馆。民国元年（1912年）卖给圣公会三一书院作为校舍至今。原本这里还有与领事官邸相配套的俄国领事馆办公楼和原三一学校的欧式教学楼，也极漂亮，可惜后来被拆除了。福州外国语学校校内还有一座思万楼，是民国八年（1919年）三一学校部分校友为纪念第一任校长、英国传教士万拔文（W.S. Pakenham-Walsh，于该年离职）而发起兴建的，民国十四年（1925年）建成。思万楼为塔式建筑，立面造型呈中世纪罗马风风格，楼顶层悬挂紫铜大钟，是爱尔兰都伯林威尔逊公园基督堂所赠。

竹园里

公园路向前，路过一座旧洋行的仓库，在一棵棕榈树的旁边，有一条窄窄的小巷，写着不仔细辨认绝难发现的"竹园里"三个字。不要以为这是一条死胡同，迟疑着进去拐个弯，霎时柳暗花明，一座大宅立于眼前，这就是海军总司令萨镇冰曾住过的竹园。

萨镇冰，字鼎铭，出身于福州著名的萨氏家族。历清末至新中国五个历史时期，先后担任过清朝海军统制、民国海军总长等重要军职，还曾代理过国务总理。他一生扶贫济困，广造福祉，被尊称为"活菩萨"。萨镇冰在福州还有两处故居，幼时的朱紫坊和晚年的冶山仁寿堂，竹园是他中年后的居所。

穿过竹园拱形的铁栅门，夹道边是茂盛的竹林，这或许就是竹园园名的应景吧。三层西式红砖的楼有多重变化，直角，圆弧，对称的塔楼，圆拱的房门，漆成绿色的百叶窗。但置身其间，最大

的感受还是静谧，风掠过竹叶，一条短巷的进深，就让竹园隔开了尘世间的喧闹。

比邻竹园的还有筠圃，为民国海军总长陈绍宽先生所建。从竹园也可望见冰心的堂哥谢卫霖曾拥有的东山别墅，一座砖木结构文艺复兴式的三层独栋别墅，现为福州中西医结合名医陈道亮家族居住，修葺完好，白色的南洋百叶窗让老房子生趣盎然。

沿公园路再向前，右手边就看见一道绵延极长的白色围墙。福州老建筑记录者小飞刀曾写过一段极为传神的文字："看见这矮矮的围墙，和墙内透出的绿意，就想起有一篇关于天津五大道老洋房的文章，文章中说五大道老洋房的一大特色就是都有矮矮的围墙，不高，让你还能看到那美丽的房子，却也不矮，让你无法看见其中的生活。仓山公园路的老

洋房，有着和天津老房子一样的特色，从围墙顶望去，老房子自顾自地美丽着，与墙外的世界疏离着。"

这墙里深锁着的就是福州第一家民族金融机构——原清末的福泰和汇兑庄。是公园路地段面积最大、形态最完整的建筑群。那时，掌管汇兑庄的周氏家族在福州及新加坡经营侨汇和民信业务，其开设的"福泰和汇兑庄"属新加坡闽帮信局之一，也是福州经营最好的侨汇庄之一。1941年底，太平洋战争爆发，南洋侨汇中断，福州侨汇庄全部停业。

站在福泰和的门头前，那优美的弧线让人迷醉。墙里面的两座独栋别墅、花园庭院只能从外面踮

福泰和钱庄

起脚尖隐约得见。墙里秋千墙外道，我是墙外行人，不闻墙里佳人笑。它的风姿，我们只能从照片上领略了。

那天，同去的还有滢丫和猫熊谦谦，走了许久，便吵着口渴，我们一路回程，在外国语学校对面的奶茶店坐下喝柠檬绿茶，谦谦写微博："周末，取一段时光，点一杯柠檬绿，悠闲地倚在街边的小板凳上，静静地，听风扫过落叶的沙沙声，看飘零的落叶，时而有一片拂过我的长发。我在想，前世，我与它有一段怎样的情缘。"我们正品评文字的美丽，霎时就有人回复："不就是坐在我们学校对面的小板凳上乘凉吗！"我们对视大笑，笑得眼泪都快流出来了。真的，我们寻的旧时光在许多人眼里不就是这样的琐碎平常吗，可我们是多爱这仅存的未来亦会渐渐逝去的旧时光啊！

起身，踏上归途，没几步，就看见了街角那著名的公园理发店，那是多少在仓山读书的学生的共同回忆啊，被老师拎着耳朵到这里剪掉不合规矩的头发，那些年，小朋友坐过的老旧转椅还在，可小朋友都长大成人有了小小朋友了。

　　滢丫在店旁的水果摊上买了新鲜的桑葚，每人取一颗放在嘴里。两个女生走在我前面，夕阳有些暗了，恍惚间，我好像看见她们换上了当年的素布衣裳，扎起粗黑的麻花辫子，着黑色的软布鞋，掂着时光，身影没在百多年前老仓山的小巷弄里，渐行渐远……